HANS KERKHOFF

Langeoog – „Deernshörn"
Eine Internatsgeschichte

Bibliographische Information der Deutschen Nationalbibliothek:
Die Deutsche Nationalbibliothek verzeichnet diese
Publikation in der Deutschen Nationalbibliografie;
detaillierte bibliografische Daten sind im Internet über
dnb.d-nb.de abrufbar.

© 2010 Hans Kerkhoff
Umschlagbild: Hans Kerkhoff
Herstellung und Verlag:
Books on Demand GmbH, Norderstedt
ISBN 978-3-8391-4428-2

Die Bedeutung einer Liebe erkennt man oft erst dann, wenn man von ihr weit entfernt ist.

Prolog

… Und so gingen wir am Strand entlang. Immer schön am Wasser lang. Wir zogen uns die Schuhe und Strümpfe aus und krempelten uns die Hosen hoch. Herrlich, wie das Wasser um unsere Füße spülte. Dann fing Ben an zu erzählen:

„Hier kannste immer etwas finden. Feuerquallen, Krebse, Fische. Manchmal sogar Bernstein. Am meisten findet man nach einem Sturm. Da liegen hier Flaschen rum, Taue, Bojen. Manchmal wird auch Munition oder eine Mine angespült. Dann kommt die Bundeswehr und entschärft die Dinger."

„Ehrlich?", fragte ich.

„Na klar! Ich kann euch auch zeigen, wo hier noch Bunker aus dem 2. Weltkrieg stehen. Hier auf der Insel ist auch ein Militärflugplatz gewesen. Da, wo jetzt das Wäldchen ist. Und da sind auch noch Krater zu sehen."

„Ehrlich?", fragte ich wieder.

„Ja klar! Samstagnachmittag, wenn keine Arbeitsstunde ist, können wir ja mal zu den Bunkern gehen. Aber wir müssen aufpassen, dass wir nicht erwischt werden. Denn wir müssen dann am Hauptstrand vorbei. Oder wir gehen durch den Ort. Hinten bei der Seenotbeobachtungsstation ist auch noch ein Dünenweg. Da wohnen aber auch Lehrer, und die sollten uns eigentlich nicht sehen. Die fragen dann immer so. Vielleicht ist es aber besser, wenn wir das machen, wenn die Sommergäste weg sind. Weil die auch immer am Strand rumlaufen. Und die sollten uns auch nicht sehen. Oder wir gehen einfach mal

diese Richtung weiter bis zum Hafen. Das ist auch so weit, dass wir mehr Zeit brauchen. Wir können aber auch einfach nur baden gehen. Vielleicht kommen ja auch noch andere mit. Hier am Strand ist es ja auch toll."

So viel auf einmal hatte ich gar nicht erwartet. Das ist ja eine ganz tolle Insel, dachte ich. Hier scheinen die Seifenblasen ja nie zu platzen …

Die Anmeldung

An einem heißen Julitag setzte ich mich morgens in den Opel Rekord meines Vaters. Er sagte beim Anlassen des Motors, dass es nun losginge. Über Osnabrück, Cloppenburg, Friesoythe, Hesel, Aurich und Esens erreichten wir Bensersiel. Der Opel wurde im Hafenbereich abgestellt und wir gingen zum Fahrkartenschalter in einem etwas höher gelegenen Hafengebäude. Bis zur Abfahrt der Fähre hatten wir noch etwas Aufenthalt, und um uns die Zeit zu vertreiben, schlenderten wir an der Kaimauer entlang. Ich schaute ins Hafenbecken hinunter. Der Wasserspiegel lag etwa zwei Meter unterhalb der Kaimauer. Im Wasser schwammen Quallen, Dosen und in allen Regenbogenfarben schillernde Öllachen. Auch mischte sich in die frische Seeluft immer wieder der typische Hafengeruch. Mein Vater meinte, dass es nun Zeit wäre, und wir gingen zur Fähre. Über eine von der Kaimauer bis zum Deck des Schiffes angelegte Brücke, die übrigens sehr steil nach unten auf das Schiff führte, betraten wir die *Langeoog IV*. Die *Langeoog IV* war ein altes Schiff. Das Deck war aus Holz und die Aufbauten waren schon oft übergestrichen worden. Trotzdem konnte man an vielen Ecken Rost erkennen. Dieses Schiff hatte bestimmt schon so einiges mitgemacht. Wir setzten uns auf eine der Holzbänke und warteten auf die Abfahrt des Schiffes. Die Brücken, über die wir das

Schiff betraten, wurden wieder auf die Kaimauer zurückgezogen. Als die Motoren der *Langeoog IV* anliefen, ging ein Rütteln durch das Schiff. Erst setzte es ein wenig zurück, drehte dann nach links und fuhr aus dem Hafen. An der Kaimauer standen einige Menschen, die denen auf der *Langeoog IV* zuwinkten, und die winkten zurück. Langsam und bedächtig nahmen wir Fahrt auf, und es ging los in Richtung Langeoog. Auf der Fahrt dorthin hatten wir immer wieder Begegnungen mit Wattwanderern. Der eine oder andere winkte zu uns herüber. Die wenigen Kinder auf der *Langeoog IV* winkten zu ihnen zurück. Ich hingegen lehnte meinen Kopf über die Reling und wartete darauf, dass die Insel endlich besser zu sehen wäre. Es kam mir gar nicht lange vor, bis wir sie dann erreichten. Der Hafen war beiderseits von einer – so schien es mir jedenfalls – riesigen Mole umgeben. Die *Langeoog IV* wurde sehr, sehr langsam und legte dann, ohne auch nur einmal zu rucken, an dem hölzernen Landesteg an. Wieder wurden Brücken zum Deck heruntergelassen. In einer kleinen Menschenschlange warteten wir geduldig, bis wir sie hochgehen konnten. Oben auf dem Landungssteg angekommen, wartete schon die Inselbahn. Die Inselbahn war ein kleiner Zug, bestehend aus mehreren roten, grünen, blauen und gelben Waggons. Gezogen wurden diese von einer kleinen Lok. Wir stiegen in einen der Waggons ein und setzen uns auf eine Holzbank. Die Lok pfiff, und knarrend und quietschend setzte sich die Inselbahn in Bewegung. Sie rumpelte – ja man kann es wohl rumpeln nennen – durch eine Wiesenlandschaft, die alsbald durch einen kleinen Wald abgelöst wurde. Als der Wald hinter uns lag, ging es weiter an einer Plattenbaustraße entlang. Am Bahnhof angekommen, stiegen wir aus und schauten uns auf dem Bahnhofsvorplatz um. An der Straße, die in den Ort führte, standen zwei, drei Personenkutschen mit je zwei angespannten Pferden. Eine weitere Kutsche wurde gerade mit Gepäckstücken und Paketen jedweder Art beladen. Mein Vater und ich gingen zu einer der Kutschen und fragten den Kutscher, ob er uns zur Internats-Realschule bringen könne. Dieser nickte, wir stiegen ein und ließen uns unter lautem Pferdehufgeklapper zur Schule fahren. Als wir dort ankamen, fiel mir zuerst der staubige Schulhof auf, auf dem sich in einer Ecke ein kleiner „Staubteufel" drehte. Der Kutscher wurde bezahlt und fuhr weiter. Wir standen vor der Schule und schauten uns um.

„Dann wollen wir mal", sagte mein Vater.

Wir gingen über den Schulhof auf eine Treppe zu, die in die Schule führte. Kurz bevor wir die Treppe erreichten, öffnete sich die Eingangstür und heraus trat ein etwas kleinerer älterer Mann und begrüßte uns. Wir wurden hineingebeten, gingen durch die Aula, eine Treppe hinauf in den oberen Bereich. Auf einem Schild an einer Tür stand „Sekretariat". Wir gingen hinein und der kleine Mann bat uns in sein

Büro. Neben einem Schreibtisch stand da noch ein Tisch mit einem Sofa und einem Stuhl. Wir wurden gebeten Platz zu nehmen und setzten uns auf das Sofa. Während mein Vater und der kleine Mann miteinander redeten, schaute ich aus dem Fenster und betrachtete die Dünenlandschaft. Nach einer Weile stand der kleine Mann auf, legte seine Hand auf meine Schulter und fragte mich:

„Nun, du willst also bei uns auf die Schule gehen?"
Ich überlegte nicht lange und mit einem Kopfnicken sagte ich:

„Ja."
Der kleine Mann wandte sich jetzt wieder meinem Vater zu.

Deernshörn

Jetzt ging es los nach Langeoog in die Internats-Realschule. An diesem Tag sind wir früh aufgestanden. Die ganze Familie war in froher Erwartung. Vor der Eingangstür unseres Hauses wurden noch einige Fotos gemacht, denn so ein Tag musste im Bild festgehalten werden. Mal stand ich neben meinem Vater, dann neben meiner Mutter und danach neben meiner Mutter und meiner Schwester. Endlich ging es los! Wir fuhren wieder nach Bensersiel. Diesmal bekam ich meine eigene Fahrkarte, auf der stand „Langeoog–Bensersiel oder umgekehrt. Karte für ein Kind. Preis DM 4,50". Auf Langeoog angekommen stiegen wir wieder in die Inselbahn, fuhren zum Ort und setzten uns wieder in eine Kutsche. Diesmal ließen wir uns aber nicht zur Schule fahren, sondern, wie meine Schwester es nannte, in mein neues Zuhause. Dieses neue Zuhause trug den Namen „Deernshörn". Deernshörn war eines der vier Heime, in denen die Schüler und Schülerinnen der Internats-Realschule untergebracht waren. Dort angekommen hieß uns der Heimleiter willkommen. Er ging in sein Büro, schaute in ein auf dem Schreibtisch liegendes Buch und sagte zu meinem Vater:

„Ihr Sohn ist auf Zimmer 14. Gehen Sie bitte die Treppe hoch in den ersten Stock und suchen sich eins der noch nicht belegten Betten aus."

Wir gingen alle gemeinsam die Treppe hoch ins Zimmer 14. Das Zimmer war relativ groß. Wenn man eintrat, waren auf der linken Seite die Schränke. Geradeaus waren zwei Fenster, besser gesagt Doppelfenster aus Holz. Rechts hinten in der Ecke war das Handwaschbecken. Darüber, auf der Ablage, standen Zahnputzbecher. Unter den beiden Fenstern stand ein Einzelbett – bereits belegt. Rechts neben der Zimmertür befanden sich zwei Etagenbetten. Das eine stand an der Wand und war bereits unten und oben belegt. Das andere stand mit dem Kopfende an der Wand, sodass das Fußende in die Mitte des Raumes zeigte. Dieses Etagenbett war noch frei. Meine Schwester meinte:

„Nimm doch das untere."

Das tat ich auch. Ich legte meine Tüte, die ich bei mir hatte, aufs Bett. Mein Vater stellte den Koffer ab, holte den Bettbezug raus, und meine Mutter begann das Bett zu beziehen. Sie sagte zu mir, dass ich aufpassen solle, wie man das macht, denn beim nächsten Mal müsse ich das ja selber machen. Zum Bettenmachen hatte ich keine Lust. Ich schaute aus dem Fenster und sah auf einen großen Platz, auf dem eine Transportkutsche stand. Gegenüber vom Platz waren Holzbaracken. Rechts vom Platz war ein Gebäude, aus dem aus irgendeiner Ecke weißer Qualm kam. Weiter hinten konnte man die Dünen sehen und einen Weg, der in die Dünen führte und dort zu verschwinden schien. Wenn man nach links sah, konnte man eine Straße sehen, die in einem lang gezogenen Bogen zu den Dünen führte und an dessen Ende größere Gebäude standen. Ganz in der Nähe war auch noch ein mit Hagebuttenbüschen umgebener Teich. Auf einmal ging die Zimmertür auf. In der Tür stand ein Junge und schaute uns überrascht an. Er hatte wohl nicht erwartet, dass eine ganze Familie im Zimmer sein könnte. Der Junge sah irgendwie komisch aus. Er hatte ein blau-weißes Hemd an, trug eine kurze Lederhose mit rot-weißen Socken und braunen Schuhen.

„Ich heiße Ben und wohne hier", sagte er. Ich stellte mich ebenfalls vor. Dann war er auch schon wieder weg und ließ dabei die Zimmertür offen. Auf dem Gang kamen ab und zu andere Jungen vorbei, die kurz stehen blieben und neugierig zu uns hineinschauten. Auf einmal stand der Heimleiter im Zimmer. Er sagte, dass der äußere linke Schrank noch frei sei und ich meine Sachen dort hineintun könne. Wir packten also den Rest aus dem Koffer ordentlich in den Schrank. Einige Hosen, Hemden, Pullover, Unterwäsche, Strümpfe, ein Paar Schuhe, Stofftaschentücher etc. In meiner Tüte, die ich auf das Bett gelegt hatte, war einiges an Süßigkeiten, die ebenfalls in den Schrank kamen. Da tauchte Ben wieder auf. Neben ihm stand noch ein Junge.

„Das ist Helmut. Der wohnt auch hier", sagte Ben. Und so lernte ich auch Helmut kennen. Dann sagte mein Vater, dass es Zeit sei, wieder zurück zum

Bahnhof zu gehen, weil die Fähre bald zurückfahren würde. Gemeinsam gingen wir aus dem Zimmer wieder nach unten zum Heimleiter. Meine Eltern unterhielten sich noch einen Augenblick mit ihm und dann gingen wir gemeinsam mit Ben und Helmut zum Bahnhof. Dort angekommen, stand auf einmal noch ein weiterer Junge bei uns, den Ben und Helmut zu kennen schienen. Es stellte sich heraus, dass es sich um Jürgen handelte, der auch mit auf unserem Zimmer war. So standen wir da herum und warteten auf die Abfahrt des Zuges. Immer mehr Leute stiegen in die Inselbahn ein. Da drückten mich plötzlich meine Mutter und mein Vater ganz fest. Meine Mutter weinte und mein Vater sagte, dass ich die „Ohren steifhalten" solle. Meine Schwester drückte mich ebenfalls. Die drei stiegen in die Inselbahn ein. Meine Schwester stand hinter dem Fenster, meine Eltern in der offenen Waggontür. Die Lok pfiff und die Inselbahn fuhr los. Meine Eltern und meine Schwester winkten mir zu und ich winkte zurück. Die Inselbahn verschwand hinter dem Bahnhof und ich hörte die Lok ein letztes Mal pfeifen.

Ich war wie betäubt. Ich stand jetzt ganz alleine da. Das erste Mal ganz allein! Niemand von meiner Familie war bei mir. Ich drehte mich um und sah Ben, Helmut und Jürgen. Ich fragte die drei:

„Was machen wir jetzt?"

„Wir gehen zurück ins Heim", sagte Jürgen.

Wir gehen zurück ins Heim, dachte ich. Wie sich das anhört. Die drei gingen los. Ich hinterher. Es war später Nachmittag, ein schöner Sommertag, und es war warm. Ich dachte bei mir, was ich jetzt wohl zu Hause machen würde. Ich hätte wahrscheinlich mit einem meiner Freunde oder meiner Schwester gespielt. Es waren ja noch Ferien. Ab jetzt? Jetzt geht es zurück ins Heim! Wie komme ich denn überhaupt dahin? Völlig orientierungslos irrlichterte ich hinter den dreien her. Diese Straße bin ich noch nie gegangen, dachte ich. Wir sind ja sonst immer mit der Kutsche gefahren. Dann kamen wir an der Schule vorbei und ich wusste wieder, wo ich war. Noch ein paar Schritte weiter und wir waren wieder bei Deernshörn. Da waren jetzt noch mehr Jungen. Ben, Helmut und Jürgen waren irgendwohin verschwunden. Dann werde ich eben auf mein Zimmer gehen, dachte ich. Als ich aber unten am Büro vom Heimleiter vorbeikam, fragte er mich, ob ich denn keine Hausschuhe hätte.

„Wieso Hausschuhe?", fragte ich.

„Weil du sonst den ganzen Dreck ins Haus trägst!", antwortete er.

Ich sagte, dass ich meine Hausschuhe oben in meinem Zimmer hätte und dass ich sie holen wolle.

„Dann ziehst du die Schuhe aber hier aus! Die Schuhe kommen in den Schuhkeller!"

Ich zog die Schuhe aus, ging auf mein Zimmer, holte meine Puschen und brachte meine Schuhe in den Keller. Als ich die Kellertreppe hinunterging, fiel mir ein Schild auf, auf dem geschrieben stand: „Immer den Kopf hoch, auch wenn das Leben schwer ist." Da stand auch ein Datum und ein Name, mit dem ich aber nichts anfangen konnte. Ich schaute mich um, um den Schuhkeller zu finden. Links neben der Treppe war ein Raum ohne Tür. In dem Raum befanden sich Holzregale, in denen viele Paar Schuhe und Puschen standen. Das muss er wohl sein, dachte ich und stellte meine Schuhe ebenfalls in eines der Regale. Ich ging dann wieder nach oben auf mein Zimmer, setzte mich auf mein Bett und dachte über den Heimleiter nach. Ob das wohl ein freundlicher Mann ist? Er scheint mir ein wenig streng zu sein. Ich stand auf, ging zu meinem Schrank, holte mir eine Schokolade aus der Tüte und setzte mich wieder auf mein Bett. Ich schaute mich im Zimmer um. Neben den Betten stand noch ein Tisch mit drei Stühlen. Zwei weitere Stühle standen neben den Betten. Sonst lag nichts herum. An den bezogenen Betten konnte man erkennen, wie viele Jungen in dem Zimmer lebten. Da fiel mir auf, dass auch das Bett über mir bezogen war. Den hatte ich aber noch nicht kennengelernt. Ich ging zum Fenster und schaute wieder auf den Platz mit den Kutschen.

„*Na, wie findest du's hier?*", fragte Ben.
Ich hatte ihn gar nicht kommen hören.

„*Gut*", antwortete ich. „*Was können wir denn heute noch so machen?*"

„*Auf das Abendessen warten.*"

„*Wann ist das?*"

„*Um halb sechs. Dann wird die Glocke geläutet.*"

„*Was für eine Glocke?*"

„*Die unten neben dem Büro vom Heimleiter hängt.*"

Ach die, dachte ich. Die Glocke hatte ich gesehen, aber ihr keine Bedeutung beigemessen. Wie wir so dasaßen und uns unterhielten, kamen auch Jürgen und Helmut aufs Zimmer.

„*Habt ihr schon den anderen gesehen?*", fragte ich. Nein, den hatte noch keiner gesehen.

Da läutete die Glocke. „Dong, dong, dong, dong …!" Sie war unheimlich laut. Trotz der geschlossenen Zimmertür konnte man sie so gut hören, dass man wahrscheinlich aus dem Schlaf erwacht wäre. Wir gingen die Treppe hinunter zum Speisesaal. Wie viele Jungen da im Eingangsbereich und vor der Eingangstür standen! Auch viel ältere waren dabei. Vor dem Büro und unter der Glocke standen auch noch Jungen. In der Menge stand der Heimleiter vor der geschlossenen Tür zum Speisesaal und schaute über uns hinweg. Er wartete noch einen Augenblick, bis es fast ruhig war – nur ein bisschen Gemurmel war noch zu hören –, und öffnete dann die Tür. Alle gingen jetzt – auch ein bisschen getrieben vom Hintermann – in den Speisesaal hinein. Er war groß! Sehr groß! So schien es mir jedenfalls. Da standen zur Rechten und zur Linken viele weiße Tische mit blauen Stühlen. An jeden Tisch passten wohl zwölf Jungen. Da ich nicht wusste, wo ich mich hinsetzen sollte, blieb ich stehen und schaute mich um. Die meisten Jungen gingen an mir vorbei und setzten sich an den ihnen wohlbekannten Platz am Tisch. Neben mir blieben noch andere Jungen stehen. Die wussten wohl auch nicht, wo sie sich setzen sollten. Der Heimleiter kam zu uns und sagte, dass wir ihm folgen sollten. Etwa in der Mitte der rechten Seite war noch ein großer Tisch so gut wie unbesetzt. Zwei, drei Jungen saßen da und guckten uns an.

„Da könnt ihr euch einen Platz suchen", sagte er.
Wir setzten uns und schauten auf den gedeckten Tisch. Da standen Körbe mit Brot, Platten mit Wurst und Käse, auf Untertassen lag Butter, und Salz- und Pfefferstreuer gab es auch. Auf jedem Tisch standen zwei große Kannen. Aus dem Ausgießer der einen Kanne dampfte es heraus. Dann wurde es ganz still im Speisesaal. Niemand regte sich mehr. Keiner sagte etwas. Alle waren ganz still. In der Mitte des Speisesaales stand der Heimleiter und schaute nach rechts und links, nach hinten und wieder nach vorne. Er hob die ausgestreckten Arme etwa bis zur Brust und rief in den Speisesaal:

„Guten Appetit!"
Nachdem er das gesagt hatte, setzte plötzlich an allen Tischen eine rege Betriebsamkeit ein. Alle griffen

durcheinander. Einige nahmen sich Brot, andere griffen nach den Gabeln, die auf den Wurst- und Käseplatten lagen, und wieder andere nahmen sich die Kannen, um sich Milch oder heißen Tee einzuschenken. Es wurde auch wieder gesprochen. Nicht sehr laut, aber man durfte mit seinem Nachbarn reden. Der Heimleiter setzte sich einen Tisch weiter an das Tischende und musterte uns. Er schaute jeden Jungen für einen Augenblick intensiv an. In seinem Blick lag eine gewisse Strenge. Und die Frage, die ich mir gestellt hatte, ob der Heimleiter wohl ein strenger Mann sei, war für mich beantwortet. Er war ein strenger Mann. Wie sonst hätte es wohl sein können, dass alle Jungen im Speisesaal mucksmäuschenstill waren und erst dann anfingen zu essen, nachdem er „Guten Appetit" gewünscht hatte! Ich hatte keinen großen Hunger an diesem Abend. Ich bat den Jungen neben mir um die Kanne mit Tee. Er gab den Wunsch an den Jungen neben ihm weiter, und der schob die Kanne dann über den Tisch bis hin zu mir. Ich schenkte mir ein, trank ein wenig und ließ die ganzen Eindrücke auf mich einwirken. Ich fühlte mich nicht gut. Wieder musste ich an zu Hause denken. Obwohl ich unter all diesen Jungen war, fühlte ich mich alleine. Ich hatte das Gefühl, irgendwie nicht hierhinzugehören. Nachdem einige Zeit vergangen war und die meisten Jungen mit dem Essen fertig waren, standen die, die nicht zu Deernshörn gehörten, auf und gingen mit deren Betreuern aus dem Speisesaal. Der Heimleiter blieb noch sitzen. Wir blieben auch sitzen. Nachdem, bis auf unsere Tische, der Speisesaal leer war, erhob sich der Heimleiter, stellte sich vor uns hin und begann über die Heimordnung zu sprechen.

„Wir haben heute einige Zugänge in Deernshörn bekommen", begann er.

„Ich möchte die neuen Jungen nun über unseren Tagesablauf informieren. Wecken ist um Viertel nach sechs. Ich gehe durch jedes Zimmer. Anschließend geht ihr in den Waschraum, um euch zu waschen. Um Viertel vor sieben läute ich zum Frühstück. Ihr kommt dann ordentlich angezogen und mit sauberen Händen zum Speisesaal herunter, um zu frühstücken. Um halb acht läute ich wieder und ihr geht zur Schule. Nach der Schule kommt ihr zurück nach Deernshörn. Ihr könnt dann auf euren Zimmern oder auf dem Vorplatz auf das Mittagessen warten. Ich läute zum Mittagessen um Viertel nach eins. Nach dem Mittagessen gehen alle auf die Zimmer und bis halb drei ist dann Mittagsruhe. Danach könnt ihr die Zeit so verbringen, wie ihr es wollt. Wenn ihr allerdings Deernshörn verlasst, um beispielsweise in den Ort oder an den Strand zu gehen, müsst ihr euch bei mir abmelden. Um Viertel vor vier läute ich zur Arbeitsstunde. Ihr nehmt dann eure Schulsachen und geht in die Schule. Die Arbeitsstunde geht bis sechs Uhr. Um Viertel nach sechs läute ich dann zum Abendessen. Nach dem Abendessen könnt ihr wieder spielen und um Viertel vor acht ist Zimmerkontrolle. Ihr habt dann einen Schlafanzug an, habt euch

gewaschen und den Stuhl gebaut. Der Stuhl ist ordentlich! Ich gehe durch die Zimmer und ab acht Uhr ist Bettruhe! So, nun geht wieder hoch. Wir sehen uns um Viertel vor acht."

Wir standen auf und gingen auf unsere Zimmer. Jetzt sah ich überhaupt, wie viele Jungen in Deernshörn waren. Es waren etwa dreißig. Die meisten mussten wohl schon länger hier sein. Es waren auch einige größere dabei. Ich war der Letzte, der im Zimmer ankam. Da waren Ben, Helmut, Jürgen und der neue, Mike, den ich noch nicht gesehen hatte. Ben und Helmut waren schon dabei, sich den Schlafanzug anzuziehen. Ich fragte, ob ich auch den Schlafanzug anziehen müsse.

„*Na klar*", sagte Ben und fügte noch hinzu, dass dann gleich der Heimleiter käme, und wer nicht fertig sei, könne eine böse Überraschung erleben. Ich ging an meinen Schrank, holte meinen Schlafanzug heraus, setzte mich auf mein Bett und fing an, mich auszuziehen. Das war schon ein komisches Gefühl, sich hier vor all den anderen Jungen auszuziehen. Aber es ging alles ganz fix. Helmut schnappte sich sein Handtuch und seinen Zahnputzbecher und ging aus dem Zimmer. Ben tat es ihm gleich und lief hinterher.

„*Kommt mit*", sagte Jürgen, „*ich zeige euch alles.*" Mike und ich nahmen unser Handtuch und den Zahnputzbecher und gingen hinaus auf den Flur. Da liefen viele Jungen durcheinander. Die einen kamen schon aus dem Waschraum heraus und andere warteten auf ein freies Waschbecken. Nach ein bisschen Warten hatte auch ich ein Waschbecken gefunden. Ich putzte mir die Zähne und ging wieder auf mein Zimmer. Die anderen bauten ihren Stuhl. Meine Sachen lagen noch alle auf meinem Bett.

„*Du musst auch deinen Stuhl bauen*", meinte Jürgen.

„*Wie geht das?*", fragte ich.

„*Also*", fing Jürgen seine Ausführungen an, „*man legt zuerst die Hose zusammengefaltet auf die Sitzfläche des Stuhls, das Oberhemd kommt über die Lehne. Auf die Hose legt man zusammengefaltet das Unterhemd, dann die Unterhose und obendrauf die Socken. Fertig.*"

Es war also ganz einfach. Ich machte es genauso, wie es die anderen taten. Ich holte aus meinem Schrank noch den Tiger, den ich von zu Hause mitgebracht hatte, und legte mich auf mein Bett. Mike blätterte in einem „Micky-Maus"-Heft herum. Die anderen waren auch irgendwie beschäftigt. Dann ging die Zimmertür auf und der Heimleiter trat ein.

„*Na, schon eingelebt?*", fragte er und schaute dabei in die Runde.

„*Mmmm*" und „*Ja*" hörte ich die anderen sagen.

Der Heimleiter schaute sich dabei die gebauten Stühle sehr genau an.

„*Am Freitag gibt's wieder neue Unterwäsche; danach wieder im gewohnten Rhythmus*", sagte er.

Er ging zu den Fenstern und zog die Vorhänge zu.

„Ab in die Betten und keinen Mucks mehr. Ich wünsche euch eine gute Nacht."

Er schaute noch einmal in die Runde und schloss die Zimmertür hinter sich.

Auf dem Flur wurde es leise. Draußen war es noch hell. Die gelben Vorhänge hüllten den Raum in ein dämmriges Licht. Jürgen und Ben konnte ich noch ganz gut in ihren Betten erkennen. Sie lagen da und rührten sich nicht. Ich war viel zu aufgeregt, um zu schlafen. Schon wieder musste ich an zu Hause denken. Da sind ja noch Ferien und eigentlich wäre ich noch gar nicht im Bett. Hier aber ist morgen mein erster Schultag. Wie der wohl wird? Ich spürte meinen Tiger an meinem Hals. Wie lange ich wohl hierbleiben werde? Wie die anderen Jungen wohl so sind? Ob ich das alles schaffe? Die Ohren, von denen meine Eltern meinten, dass ich sie steifhalten solle, von denen war jetzt nichts zu spüren. Das Einzige, was ich fühlte, war mein Bauch. Ich hatte Bauchschmerzen. Außerdem musste ich auf die Toilette. Dringend! Ich flüsterte Ben zu, dass ich auf die Toilette gehen müsse. Ben antwortet nicht.

„Hey Ben", sagte ich, *„schläfst du schon?"*

„Nein, sei still", entgegnete Ben.

„Ich muss auf die Toilette."

„Sei still! Es ist Bettruhe!"

Was sollte ich jetzt machen? Es ist Bettruhe, aber ich muss auf die Toilette. Also entschied ich mich, auf die Toilette zu gehen. Ich stieg aus dem Bett, schlüpfte in meine Puschen, ging zur Zimmertür und lauschte auf den Flur hinaus. Nichts zu hören. Ich öffnete langsam die Zimmertür und schaute vorsichtig hinaus. Auf dem Gang war niemand zu sehen. Ich streckte den Kopf hinaus, um besser auf die Treppe sehen zu können. Auch da war niemand zu sehen. Also schlich ich mich aus dem Zimmer und ging auf eine der gegenüberliegenden Toiletten. Ich spülte nicht, weil mich das sonst verraten hätte, und ging leise, wie ich gekommen war, zum Zimmer zurück. Auf der Treppe stand der Heimleiter.

„Was machst du hier?"

„Ich war auf der Toilette."

„Es ist Bettruhe!"

„Ich weiß, aber ich musste so dringend!"

„Wenn Bettruhe ist, verlässt niemand mehr das Zimmer und es wird geschlafen! Wenn ich dich noch mal erwische, erwartet dich eine Strafe."

Ich ging ins Zimmer und legte mich wieder hin. Niemand sagte etwas. Jetzt merkte ich meinen Herzschlag bis zum Hals. Ich hatte mich unheimlich erschreckt, als da auf einmal der Heimleiter stand. Ich beruhigte mich allmählich, dachte noch einmal an zu Hause und was die anderen jetzt wohl machten – und schlief ein.

Da ging das Licht an, die Vorhänge wurden beiseitegezogen.

„Aufstehen!", hörte ich jemanden sagen.

Der Heimleiter ging von Bett zu Bett und gab jedem die Hand. Er hatte einen so festen Händedruck, dass es in meinen Fingern knackte.

„Waschen, Zähne putzen, anziehen, und wenn ich läute, runterkommen", sagte der Heimleiter.

Auf meiner Uhr war es zwanzig nach sechs. Ben, Helmut, Jürgen und Mike stiegen aus ihren Betten, gingen zum Handwaschbecken, nahmen ihren Zahnputzbecher und das Handtuch und gingen in den Waschraum. Ich hinterher. Es waren wieder alle Waschbecken belegt. Also musste ich wieder warten, bis eines frei wurde. Zurück im Zimmer zog ich mich an und setzte mich auf mein Bett. Die anderen waren dabei, ihre Betten zu machen. Also tat ich das auch. Jürgen war bereits mit allem fertig und las wieder in seinem „Micky-Maus"-Heft. Sehr gesprächig waren wir an diesem Morgen nicht. Worüber hätte man auch sprechen sollen? Aber dann sagte Ben auf einmal:

„Da hat dich wohl der Heimleiter erwischt. Bei dem musst du aufpassen!"

„Es ist ja nichts passiert", entgegnete ich. *„Ich musste schließlich auf die Toilette."*

Da hörte ich die Glocke wieder. „Dong, dong, dong, dong ...!" Als ich aus dem Zimmer ging, wurde ich fasst umgerannt. Was am Tag zuvor noch relativ ruhig ablief, stellte sich jetzt als eine Art Wettlauf dar. Einige Jungen nahmen auf dem Flur richtig Anlauf und rutschten mit ihren Puschen einige Meter den Flur entlang bis zur Treppe. Andere wiederum, die von der Etage über uns kamen, nahmen die Treppenstufen doppelt. Und einer war dabei, der rutschte doch tatsächlich seitlich auf dem Geländer sitzend von oben bis in unsere Etage runter. Das muss man sich einmal vorstellen – die Treppe machte auf halber Höhe eine 180-Grad-Wende und ebenso das Treppengeländer, auf dem der da runterrutschte. Und der nahm die enge Kurve, ohne das Gleichgewicht zu verlieren. Toll! Ich schloss mich den anderen an und ging ebenfalls runter. Unten standen wieder eine Menge Jungen. Der Heimleiter wartete wieder, bis es fast ruhig war, und öffnete dann die Tür zum Speisesaal. Der Heimleiter voraus, alle Jungen hinterher. Dann blieb der Heimleiter stehen und sagte, dass wir aus Deernshörn warten sollen, während die anderen an uns vorbeigingen und sich setzten. Wir mussten uns in einer Reihe aufstellen und am Heimleiter mit vorgehaltenen Händen und ausgestreckten Fingern vorbeigehen. Der Heimleiter kontrollierte die Sauberkeit unserer Fingernägel! Dem einen oder anderen sagte er, dass die Fingernägel morgen sauber sein müssen, andernfalls gäbe es eine Ausgangssperre! So an ihm vorbeigekommen, setzten wir uns auf unsere Plätze. Morgens durfte man sofort mit dem Essen beginnen. Kein Warten auf das „Guten Appetit" vom Heimleiter. Auf den Tischen standen Marmelade, Honig, Butter, heiße

Milch und heißer Kakao, und auf jedem Teller lagen für jeden zwei Brötchen. Ich hatte keinen großen Hunger, aber ein Brötchen wollte ich doch essen. Als ich mich so umschaute, sah ich an unserem Tisch einen Jungen sitzen, der die Hände gefaltet und den Kopf gesenkt hatte. Er weinte. Was er hatte, weiß ich nicht. Die anderen Jungen kümmerten sich auch nicht darum. Laut geredet wurde nicht, wenn überhaupt, dann im gedämpften Ton. Und sollte es einmal zu laut werden, gab es einen strengen Blick oder eine Ermahnung vom Heimleiter.

„Du musst nachholen!“, sagte plötzlich einer zu mir.

Schräg gegenüber saß jemand, der mir die Kakaokanne entgegenstreckte.

„Wieso?“, entgegnete ich.

„Du hast die Kanne leer gemacht! Also nachholen!“

So war das also. Wer etwas leer gemacht hatte, beispielsweise die Honigschale oder die Kakaokanne, der musste nachholen, damit die anderen wieder etwas hatten. Also schnappte ich mir die Kanne und ging zur Küche. Als ich beim Heimleiter vorbeikam, hielt er mich am Arm fest und sagte:

„Beim nächsten Mal fragst du, ob du nachholen darfst!“

Ich nickte und ging zur Küchenausgabe. Die Küchenausgabe war ein etwa zwei Meter großer rechteckiger Ausschnitt in der Wand, durch den man in die Küche hineinsehen konnte. Ich stellte mich dorthin und wartete, bis jemand käme. Und dann kam er. Der Koch. Groß und dick, eben wie man sich einen Koch vorstellt. Mit einem verschmitzten Lächeln im Gesicht, dabei die Augenbrauen eine wenig anhebend, fragte er mich:

„Kakao?"

„Ja, bitte", entgegnete ich.

Er nahm die Kanne, ging zu einem großen Kessel, drehte am Hahn und füllte die Kanne nicht einmal bis zur Hälfte. Er wusste wohl, dass das Frühstück bald vorbei sein würde, und gab dann natürlich nicht mehr so viel raus. Ich ging zurück zu meinem Platz, stellte die Kanne auf den Tisch, setzte mich und aß mein Brötchen auf.

Dann erhob sich der Heimleiter und deutete damit an, dass das Frühstück beendet sei. Bevor wir aufstanden, stellten wir noch die Teller zusammen. In der Mitte eines jeden Sechsertisches stapelten sich so die großen Teller, die Untertassen, das Besteck und alles andere. Dann gingen wir auf unsere Zimmer und warteten auf das nächste Glockenläuten. Dann war es so weit. „Dong, dong!" Wir schnappten uns unseren Schulranzen und gingen hinunter, am Heimleiter vorbei, in den Schuhkeller, um unsere Puschen gegen die Schuhe zu tauschen. Im Schuhkeller ging es jetzt ziemlich beengt zu, da jetzt alle auf einmal reinwollten, um sich die Schuhe anzuziehen. Nachdem ich mich an den andern vorbei nach draußen gequetscht hatte, schaute ich mich nach Ben und den anderen um. Die waren schon auf dem Weg zur Schule. Ich brauchte mich nicht zu beeilen, denn ich kannte ja den Weg von Deernshörn zur Schule – einfach nur geradeaus. Auf dem Schulhof hatte ich dann Ben und die anderen wieder eingeholt.

Und so begann mein erster Schultag. Die Klassen wurden eingeteilt, der Klassenlehrer stellte sich vor und der Schulleiter kam ebenfalls in die Klassen, um uns zu begrüßen, und auch, um uns einige Verhaltensregeln nahezubringen.

> Wenn man in den Ort ginge, solle man sich tadellos benehmen, oder einige Lokalitäten wie das Eiscafé dürfe man nicht betreten, die Dünenwege sind nicht zu verlassen wegen des Strandhafers und des Küstenschutzes, oder auch, dass wir Internatsschüler während der Hauptsaison nicht an den Hauptstrand gehen dürften, damit die Sommergäste unter sich blieben. Und dann kam auch noch der Satz, dass, wenn wir schon an den Stand gehen wollten, wir nur den Hundestrand benutzen dürften.

Na toll, dachte ich, Hunde und Internatsschüler an den Hundestrand!

Nach Ende der sechsten Stunde gingen wir wieder zurück nach Deernshörn. Auf dem Vorhof warteten schon einige Schüler auf das Mittagessen. Ich ging rein, tauschte meine Schuhe wieder gegen die Puschen, ging aufs Zimmer und wartete mit den anderen auf den Gong zum Mittagessen. Danach ging's wieder aufs Zimmer und es begann die Mittagsruhe. Ab halb drei begann der schönste Teil des Tages. Bis zum Beginn der Arbeitsstunde konnten wir unsere Zeit selbst gestalten. Die einen gingen auf andere Zimmer, andere gingen nach draußen, und wieder andere gingen in Richtung Strand. Ben machte den Vorschlag, Mike und mir den Ort zu zeigen. Er meinte, dass um drei Uhr der Insalladen öffnet und wir uns Cola und Chips kaufen könnten. Also gingen wir runter zum Büro des Heimleiters. Dort standen schon andere Jungen, um sich beim Heimleiter abzumelden. Als wir dran waren, sagten wir ihm, dass wir in den Ort wollten. Er trug unsere Namen und wohin wir gehen wollten in ein Buch ein.

„Das ist der kürzeste Weg in den Ort", meinte Ben und ging mit uns rechts um Deernshörn herum. Wir folgten ihm natürlich, da wir es ja nicht besser wissen konnten. Wir gingen über den Platz, wo die Transportkutschen parkten, weiter in eine Straße, in der auf der linken Seite eine verlassene Baracke steht und rechts ein weiß getünchtes Haus, aus dem aus einem der Kellerfenster weißer Wasserdampf nach draußen quoll. Der roch so sehr nach Stärke, dass es

einem den Atem verschlug. Dann bogen wir nach rechts und wieder nach links ab in eine Straße, wo auf der rechten Seite kleine rote Backsteinhäuser standen. Die Häuser auf der gegenüberliegenden Seite befanden sich, etwas höher gelegen, auf einer mit Hagebuttenbüschen bewachsenen Düne. Zu den Häusern hinauf gelangte man nur über Holztreppen, die in die Düne gebaut waren. Dann bogen wir wieder nach rechts und anschließend wieder nach links ab in einen schmalen Gehweg, der über eine Düne führte. Auf der anderen Seite ging's wieder runter, noch einmal links, dann rechts und wir waren da. Rechter Hand sah man in die Hauptstraße hinein; linker Hand ging es durch die Dünen zum Strand. Und da stand er, der Wasserturm. Langeoogs Wahrzeichen. Den hatte ich bereits auf Postkarten am Bahnhof gesehen. Aber jetzt, wo man direkt in seiner Nähe stand, sah man erst, wie groß er war. Er steht auf einer Düne, die den ganzen Ort überragt.

„Hey", sagte Ben, „*das ist der Wasserturm.*"

„*Ja, den habe ich schon auf Postkarten gesehen*", entgegnete ich.

„*Komm, lass uns zum Inselladen gehen.*"

Wir gingen die Hauptstraße ein bisschen weiter runter und blieben dann vor dem Inselladen stehen. Hier war ganz schön was los. Es war mitten im Hochsommer und die ganzen Sommergäste schienen sich hier auf der Hauptstraße aufzuhalten. Auch der eine oder andere Junge aus Deernshörn war hier. Die warteten auch darauf, dass der Inselladen öffnete. Viel kaufen konnten wir uns von unserem bisschen Taschengeld nicht. Einmal in der Woche, am Dienstag, gab es Taschengeld. 2 Mark und 50 Pfennige. Da musste man schon genau rechnen. Die meisten Süßigkeiten erhielten wir normalerweise von zu Hause per Paket. Aber Cola beispielsweise kauften wir dann im Inselladen – vielleicht auch mal eine Tüte Franzy oder Brause. Als der Inselladen öffnete, gingen wir rein, und ich schaute mich erst einmal um, was es denn hier so alles zu kaufen gäbe. Soweit ich das sah, eigentlich alles. Putzmittel, Strandsachen, Getränke, Süßigkeiten, alles war da. Ich kaufte nichts. Ich hatte ja noch genug Süßigkeiten in meinem Schrank.

„Kommt", sagte Ben, „lasst uns noch mal zum Wasserturm hochgehen. Da haben wir einen tollen Überblick über den Ort und so."

„O. k., dass machen wir", sagte Mike.

Ich fand die Idee auch gut und wir gingen los. Ben hatte sich Mausespeck gekauft und aß unterwegs fast die ganze Tüte leer. Anstandshalber durften wir auch einmal in die Tüte greifen. Dann waren wir oben auf der Düne beim Wasserturm. Ben hatte recht. Eine ganz tolle Aussicht. Man konnte über den ganzen Ort sehen.

„Dahinten ist die Schule", sagte Ben.

„Wo?", fragte Mike.

Und Ben deutete mit ausgestrecktem Arm in die Richtung.

„Seh ich nicht", sagte Mike.

Und ich sah sie auch nicht. Was man sah, waren viele Dächer. Aber keine Schule.

„Und da kannste auch Deernshörn sehen", meinte Ben.

Und auch Deernshörn sahen wir nicht. Wir hatten noch Orientierungsschwierigkeiten.

„Und dahinten", sagte Ben, *„könnt ihr das Festland sehen, wenn es nicht so diesig wäre."*

Jedenfalls war die Aussicht prima. Wenn man um den Wasserturm herumging, konnte man die ganze Insel sehen. Wie groß sie wirklich war, sah man aber nicht, da die Dünen irgendwo mit dem Horizont verschmolzen. Aber wirklich toll war der Blick aufs Meer. Es wehte ein leichter Wind und die Sonne schien. Das Wasser war nur leicht gekräuselt, und nur dann und wann sah man ein paar kleine weiße Schaumkronen auf den sich brechenden Wellen.

„Das nächste Mal würde ich gern an den Strand gehen", sagte ich.

„Na klar, können wir morgen machen", entgegnete Ben.

Mit dem Gefühl, für den morgigen Tag einen Plan zu haben, gingen wir wieder zurück nach Deernshörn, um uns auf die Arbeitsstunde vorzubereiten.

In Deernshörn angekommen, packten wir unsere Ranzen und warten wieder auf den Gong. Als der schlug, ging's wieder zur Schule in unseren Klassenraum, um dort unsere Hausaufgaben zu machen. Ich dachte mir, dass das ganz praktisch sei, da ein Lehrer anwesend war, den man mal fragen könne, wenn man mal etwas nicht wisse. Es stellte sich aber schnell heraus, dass man nur in Ausnahmefällen den Lehrer fragen durfte. Entweder man leitete sich selber die Antworten aus den Büchern ab oder ein Mitschüler konnte einem – selbstverständlich nur im Flüsterton und auch nur ganz kurz – helfen. Meistens war es zwei Stunden lang still in den Klassen. Es gab nur um fünf Uhr eine zehnminütige Pause, die man für Fragen oder anderes nutzen konnte.

Die einzige Unruhe, die in die Arbeitsstunde kam, war der Nachmittag, an dem die Pakete für die Schüler in die Schule gebracht wurden. Das passierte nur einmal in der Woche, und an welchem Tag war ungewiss. Es war nämlich so, dass im Inselbahnhof eine Poststelle war, in der die Pakete so lange gesammelt wurden, bis der Lagerplatz voll war und die Pakete ausgeliefert werden mussten. Der Mann von der Poststelle rief dann in der Schule an, die Schule stellte zwei Schüler aus den höheren Klassen ab, die dann mit einem Handwagen zum Bahnhof gingen, die Pakete aufluden und zur Schule brachten. Wenn dann die beiden mit dem Handwagen über den

Schulhof gerollt kamen, konnten wir das von dem Klassenraum aus sehen. Da gab es dann eine Welle des Ellenbogenanstoßens, sodass jeder sofort aufblickte und Bescheid wusste. Voller Vorfreude darauf, ob man wohl diesmal ein Paket erhalten würde, verlor man die Konzentration auf die Hausaufgaben. Das wiederum brachte den Lehrer ins Spiel, der dann meinte, dass es ja nur noch so und so viele Minuten bis zur Pause oder bis zum Ende der Arbeitsstunde seien. Und so lange müsse man sich noch beherrschen. War die Arbeitsstunde zu Ende, liefen wir auf dem schnellsten Wege raus aus der Klasse hin zum Bühnenabsatz, auf dem die Pakete lagen. Die ersten, die ankamen, wühlten in dem Pakethaufen rum und riefen schon mal die Namen derer, für die ein Paket da war. Wer aufgerufen wurde, holte sich sein Paket da weg. Weil ja nicht alle auf einmal im Pakethaufen rumsuchen konnten, wartete man im Halbkreis stehend darauf, hoffentlich aufgerufen zu werden. Und so konnte man zusehen, wie der Pakethaufen immer kleiner wurde. Wenn dann nur noch vier, fünf Pakete dalagen, ging jeder einmal hin, um zu sehen, ob nicht doch noch eines für ihn dabei sei. Hatte man keines bekommen, war die Enttäuschung erst einmal groß, aber es gab ja noch die Hoffnung auf die nächste Woche.

Es war aber auch so, dass es Jungen gab, die niemals ein Paket von zu Hause bekamen. Die habe ich schnell kennengelernt und erfahren, dass das Elternhaus entweder über weniger Geld als andere verfügte oder dass die Eltern geschieden waren und deshalb ebenfalls weniger zur Verfügung hatten. Und dann gab es auch noch die Kinder, die von irgendwelchen Ämtern hier ins Internat geschickt wurden. Die Ämter bezahlten dann wohl den Aufenthalt im Internat, aber Pakete schicken, das taten die nicht! Die Kinder, die selten oder niemals Pakete bekamen, waren nicht enttäuscht. Die waren auch nicht neidisch. Diese Kinder waren traurig. Und so wiederholte sich bei uns Woche für Woche auf die eine oder andere Weise das Gefühl von Freude, Enttäuschung oder Trauer. Hier spiegelte sich auf kleinstem Raum unsere Gesellschaft wider. Ich gehörte zu denen, die regelmäßig ein großes Paket bekamen. Darin waren mehrere Tafeln Schokolade, Kekse und „Fix-und-Foxi"-Hefte. Einer auf unserem Zimmer gehörte zu denen, die niemals ein Paket bekamen. In der Regel war es dann so, dass derjenige, der etwas hatte, dem etwas abgab, der nichts hatte. Und so entstand in jedem Zimmer eine Gemeinschaft des gegenseitigen Helfens.

Als am nächsten Tag die Mittagsruhe zu Ende war, gingen wir, wie am Wasserturm verabredet, zum Strand – besser gesagt zum Hundestrand. Von Deernshörn aus war das gar nicht so weit. Vielleicht, wenn man schnell ging, 10 Minuten. Erst gingen wir eine Straße entlang und bogen dann in einen unbefestigten Dünenweg ab. Wir gingen weiter durch die Dünen und liefen dann zum Hundestrand runter. Den Dünenweg hinunterlaufen, ja das machte großen Spaß. Unten angekommen tat sich einem dieser riesige weite Strand auf.

„Los, runter zum Wasser!", sagte Ben.

„Wer zuerst da ist!", rief Mike.

Und los ging's! Es war herrlich. Das Internat war vergessen. Die Sonne schien heiß, das Meer rauschte, diese salzige Seeluft! Einfach herrlich! Schaute man rechts den Strand entlang, sah man den für uns „verbotenen" Hauptstrand mit den Sommergästen, den Strandkörben und -burgen, den Fähnchen und den Drachen am Himmel. Blickte man nach links, so sah man einen lang gezogenen Strand, an dem sich nur einige Kindergruppen, die zu den nahegelegenen Kinder- und Landschulheimen gehörten, aufhielten.

„Wenn wir in diese Richtung weitergehen, geht's nach Flinthörn und weiter zum Hafen", sagte Ben. *„Wir können jetzt eine halbe Stunde weitergehen. Dann müssen wir wieder zurück, damit wir rechtzeitig zur Arbeitsstunde wieder da sind."*

Und so gingen wir am Strand entlang. Immer schön am Wasser lang. Wir zogen uns die Schuhe und Strümpfe aus und krempelten uns die Hosen hoch. Herrlich, wie das Wasser um unsere Füße spülte. Dann fing Ben an zu erzählen:

„Hier kannste immer etwas finden. Feuerquallen, Krebse, Fische. Manchmal sogar Bernstein. Am meisten findet man nach einem Sturm. Da liegen hier Flaschen rum, Taue, Bojen. Manchmal wird auch Munition oder eine Mine angespült. Dann kommt die Bundeswehr und entschärft die Dinger."

„Ehrlich?", fragte ich.

„Na klar! Ich kann euch auch zeigen, wo hier noch Bunker aus dem 2. Weltkrieg stehen. Hier auf der Insel ist auch ein Militärflugplatz gewesen. Da, wo jetzt das Wäldchen ist. Und da sind auch noch Krater zu sehen."

„Ehrlich?", fragte ich wieder.

„Ja klar! Samstagnachmittag, wenn keine Arbeitsstunde ist, können wir ja mal zu den Bunkern gehen. Aber wir müssen aufpassen, dass wir nicht erwischt werden. Denn wir müssen dann am Hauptstrand vorbei. Oder wir gehen durch den Ort. Hinten bei der Seenotbeobachtungsstation ist auch noch ein Dünenweg. Da wohnen aber auch Lehrer, und die sollten uns eigentlich nicht sehen. Die fragen dann immer so. Vielleicht ist es aber besser, wenn wir das machen, wenn die Sommergäste weg sind. Weil die auch immer am Strand rumlaufen. Und die sollten uns auch nicht sehen. Oder wir gehen einfach mal diese Richtung weiter bis zum Hafen. Das ist auch so weit, dass wir mehr Zeit brauchen. Wir können aber auch einfach nur baden gehen. Vielleicht kommen ja auch noch andere mit. Hier am Strand ist es ja auch toll."

So viel auf einmal hatte ich gar nicht erwartet. Das ist ja eine ganz tolle Insel, dachte ich. Hier scheinen die Seifenblasen ja nie zu platzen. Gar nicht so wie zu

Hause, wo eigentlich gar nicht so viel los ist. Und dann auf einmal musste ich wieder an zu Hause denken. Was meine Eltern oder meine Schwester jetzt wohl machen. Die sind vielleicht im Garten oder machen sonst was. Was würde ich denn wohl machen? Mit meinen Freunden spielen? Keine Ahnung. Jetzt bin ich ja im Internat. Aber hier am Strand ist es auch gut. Spannend. Wenn Ben uns das alles noch zeigt, kann das ja klasse werden.

„Müssen wir nicht langsam umdrehen?", fragte Mike.

„Mensch, na klar!", sagte Ben. *„Es ist schon kurz vor halb vier!"*

Jetzt rannten wir aber los. Wenn man nämlich zu spät zur Arbeitsstunde kam, bekam man eine Ausgangssperre und man durfte, abhängig von der Schwere des Verstoßes, einen oder mehrere Nachmittage Deernshörn nicht verlassen. Und eine Ausgangssperre wollten wir auf keinen Fall bekommen.

Und so vergingen die Tage und Wochen. Immer derselbe Rhythmus zwischen Schule, Mittagsruhe, Freizeit, Arbeitsstunde und Bettruhe. Mal ging man in den Ort, mal ging man an den Strand. Der Sommer ging zu Ende. Die Sommergäste verließen die Insel. Es wurde ruhiger.

Herbst

Jetzt nahten die Herbstferien! Etwa zwei Wochen
vor Beginn der Ferien musste jeder Schüler dem
Heimleiter mitteilen, wie er denn von Bensersiel nach
Hause gelangen wolle. Fährt man mit der Bahn oder
wird man von den Eltern abgeholt oder fährt man
mit anderen Eltern mit? Einige Tage vor der Abreise
bekam jeder von uns eine Fahrkarte für das Fährschiff ausgehändigt. Diejenigen, die mit der Bahn
reisten, erhielten zusätzlich auch noch eine Bahn-
fahrkarte. Solche Dinge wurden in Deernshörn
immer kurz vor Ende der Mittagsruhe gemacht. Wir
stellten uns am Büro vom Heimleiter hintereinander
an, traten einzeln ein, erhielten die Fahrkarten und
Bahnfahrkarten und mussten in einem Buch den
Empfang mit unserem Namen quittieren.

Am Tag vor der Abreise packten wir die Koffer und
räumten unseren Schrank auf. Der Heimleiter ging
durch die Zimmer und achtete auf die Ordnung. Am
Tag der Abreise aber stand Deernshörn kopf. Jeder
war in Gedanken schon nicht mehr auf der Insel,
sondern bereits unterwegs nach Hause. Nach dem
Frühstück wurden die Betten abgezogen und die
Bettwäsche in die Koffer gepackt. Mit einem Na-
mensschild versehen wurden die Koffer neben die
Eingangstür von Deernshörn gestellt. Wir warteten
dann gemeinsam auf eine Frachtkutsche und halfen,

42

wenn sie dann da war, die Koffer aufzuladen. Der Kutscher, der das alles vom Bock aus genauestens beobachtete, gab dann und wann ein paar Kommandos, wie denn die Koffer am besten zu stellen seien. War alles verladen, setzte er sich auf den Bock, nahm die Peitsche in die Hand, rief „hüüü!“ und knallte mit der Peitsche über die Köpfe der beiden Pferde, die sich dann gemächlich in Bewegung setzten. Jetzt ging es auch für uns endlich los. In relativer Ordnung gingen wir hinter der Kutsche her zum Bahnhof. Dort waren auch schon die andere Schüler des Internats angekommen. Der Zug stand bereit. Einige waren schon drin; andere waren noch draußen auf dem Bahnsteig. Die Koffer wurden verladen und ein Schaffner riet uns einzusteigen, da es gleich losginge. Der kleine Zug war rappelvoll. Aber egal, es geht ja nach Hause! Die kleine Lok pfiff wieder, und es ging los. Am Hafen angekommen, ging es raus aus dem Zug und rauf aufs Schiff. Diesmal erwischten wir die *Langeoog I*. Unter den Schülern hieß es immer, dass die *Langeoog I* schneller wäre als die *Langeoog IV*. Ob das stimmte, weiß ich nicht. Aber eines war offensichtlich. Die *Langeoog I* war viel moderner. Wenn Ebbe war, konnten die „Schlickrutscher“, wie wir die Fährschiffe nannten, nicht so schnell fahren wie bei Flut. Bei Ebbe fuhren die Schiffe mit langsamer Schraube, um die Fahrrinne nicht zu sehr in Mitleidenschaft zu ziehen. Bei Flut, wenn genug Wasser unterm Kiel war, konnten die richtig Gas geben. Um bereits aus der Inselbahn zu erkennen, ob es in langsamer oder schneller Fahrt nach Bensersiel ginge, brauchte man nur auf die Stellung der Brücke zu schauen, die vom Anleger aufs Schiff angelegt war. Führte sie gerade oder ein bisschen ansteigend aufs Schiff, war Flut. Führte sie aber nach unten oder gar steil nach unten, war Ebbe. Diesmal war Flut. Also eine schnelle Fahrt nach Bensersiel. Jetzt begann das Rechnen mit den Anschlussverbindungen. Statt knapp einer Stunde brauchen wir jetzt nur 45 Minuten bis Bensersiel. Ausschiffen, die Koffer in Empfang nehmen, und ab zum Bus, der nach Esens fährt. Von Esens per Schienenbus über Wittmund nach Sande. Und von da aus nach Oldenburg. Von Oldenburg ging es dann in alle Himmelsrichtungen. Über Bremen nach Hamburg oder Hannover oder über Cloppenburg nach Osnabrück und Bielefeld oder weiter ins Ruhrgebiet. Diesmal hatte ich es aber besser. Meine Eltern holten mich ab. War das eine Wiedersehensfreude! Meine Mutter weinte und mir wären auch beinahe die Tränen gekommen. Wir hatten uns schließlich fast zwei Monate nicht gesehen. Mein Vater holte meinen Koffer, lud ihn in den Wagen, wir stiegen ein und fuhren los. Ich hielt noch Ausschau nach Ben und Mike, konnte sie aber nirgends in der Menge entdecken. Meine Mutter fing sofort an zu fragen, wie es denn so gewesen sei. Also fing ich an zu erzählen.

Nachdem die Herbstferien zu Ende waren, fuhren wir wieder nach Bensersiel. Und diesmal fiel mir der Abschied richtig schwer. Ich hatte angenommen, es wäre ganz einfach sich von zu Hause zu verabschieden und wieder ins Internat zu fahren. Aber das war es nicht. So spannend ich die Insel und meine Zimmerkameraden auch fand, ich musste feststellen, dass es zu Hause doch schöner war. Ich hatte einen Kloß im Hals und ich hatte Bauchschmerzen. Ich wollte nicht zurück ins Internat. Meine Eltern meinten, dass es bis zu den Weihnachtsferien ja nicht mehr lange dauern würde. Aber es waren nun mal noch einige Wochen, und das war mir zu lange. Alles Jammern half nichts. Immer wenn wir durch Aurich kamen, fiel mir der Spruch ein, den mir irgendjemand einmal gesagt hatte: „Aurich ist traurig, Leer noch viel mehr." Da war was Wahres dran, denn ich war traurig, und die Bauchschmerzen, die ich hatte, wurden auch immer stärker. Dann waren wir wieder in Bensersiel, kauften die Fahrkarte, gaben den Koffer auf und warteten wieder auf das Fährschiff. Als ich dann das Schiff betrat und mich an die Reling stellte und meinen Vater an der Mole stehen sah, brach ich in Tränen aus. Es war mir egal, ob die anderen Jungen das sahen. Ich heulte wie ein Schlosshund. Das Schiff setzte sich in Bewegung, mein Vater winkte und ich winkte zurück. Und die Tränen flossen nur so. Ich setzte mich dann irgendwo hin und bemerkte, dass ich nicht der Einzige war, der weinte. Na ja, dachte ich, hoffentlich ist das bald alles vorbei.

In Deernshörn angekommen ging ich aufs Zimmer. Zwei Betten waren schon gemacht, aber keiner war da. Also fing ich an, meinen Koffer auszupacken und mein Bett zu machen. Dabei musste ich immer an den ewigen Rhythmus denken, der jetzt wieder begann: Schule, Mittagsruhe, Freizeit, Arbeitsstunde und Bettruhe. Schule, Mittagsruhe, Freizeit, Arbeitsstunde und Bettruhe. Na klasse! Dann kamen Mike und Ben rein.

„*Hey, da bist du ja*", sagte Mike.

„*Hallo*", sagte ich.

„*Hallo*", sagte Ben, „*wie waren die Ferien?*"

„*Ging so*", sagte ich.

Wir plauderten ein wenig, bis dann die „dämliche" Glocke wieder ertönte. Abendessen! Also gingen wir runter. Es war so wie immer. Da standen wieder viele Jungen vor dem Eingang. Der Heimleiter stand da. Und dann ging's rein in den Speisesaal. Mir gefiel das gar nicht, jetzt wieder mit den anderen hier gemeinsam zu essen. Ich wollte meine Ruhe haben. Und ich wollte nach Hause. Ich konnte nichts essen. Keinen Hunger. Nach dem Abendessen gab der Heimleiter bekannt, dass er uns vor der Bettruhe noch etwas zu sagen habe. Er würde dann die Glocke läuten und wir sollten dann im Schlafanzug und Bademantel in den Speisesaal kommen. Als die

Glocke ertönte, gingen wir runter. Er begrüßte uns und erinnerte uns wieder an den Tagesablauf, der ab sofort wieder Geltung habe. Ich fand das alles zum Kotzen. Ich merkte, dass aus meiner Trauer langsam Wut wurde. Ich hatte absolut keine Lust mehr, hier zu sein. Sollen mich meine Eltern doch auf eine andere Schule schicken! Dann ging's auf Zimmer. Wir bauten den Stuhl, wuschen uns und warteten auf den Heimleiter. Der ging durch die Zimmer, wünschte eine gute Nacht und schaltete das Licht aus. So eine Scheiße!, dachte ich. Zu Hause wäre ich jetzt noch nicht im Bett und könnte fernsehen. Und jetzt liege ich hier mit den anderen „dumm" rum. Am anderen Morgen begann wieder der ewige Rhythmus. Zur Schule und so weiter. Es vergingen einige Tage, aber eingewöhnt hatte ich mich immer noch nicht. Ich weiß nicht, wie es den anderen ging, aber mir ging es nicht gut. Auch die Schularbeiten fielen mir schwer. Und so verging Tag um Tag.

Dann, eines Tages nach dem Abendessen, sagte uns der Heimleiter, dass er uns wieder etwas mitzuteilen habe und wir uns vor der Bettruhe wieder im Speisesaal zu versammeln hätten. Als wir alle saßen, stellte er sich vor uns hin und sagte:

„Ich musste Zimmer 16 bestrafen, weil jemand während der Bettruhe mit einer Taschenlampe rumgeleuchtet hat. Bettruhe bedeutet absolute Ruhe, es wird geschlafen und nicht mit einer Taschenlampe rumgeleuchtet! Ist das klar! Die

Jungen von Zimmer 16 mussten zur Strafe eine halbe Stunde mit dem Kopfkissen in der Hand vor der Zimmertür stehen. Beim nächsten Vergehen – von welchem Zimmer auch immer – werde ich die Strafe verdoppeln!"

Der Heimleiter war offensichtlich sauer. Sein Tonfall war laut und bestimmt. Irgendein Junge sagte dann etwas. Was genau, konnte man nicht verstehen. Aber es war laut genug, dass wir es alle hören konnten. Auch der Heimleiter hatte das gehört. Da nahm der Heimleiter sein Schlüsselbund und schmiss es mit voller Wucht in die Richtung, aus der der Kommentar kam. Das Schlüsselbund klimperte durch die Luft und traf Ben am Kopf. Der schrie auf, fasste sich an den Kopf, sah auf seine Hand, und die war voller Blut! Er fing an zu weinen und rief:

„Ich habe doch gar nichts gemacht!"

Er hielt seine Hand wieder an den Kopf. Zwischen seinen Fingern quoll das Blut hindurch. Wir alle waren entsetzt. Der Heimleiter sagte nichts. Er zeigte uns nur seine finstere Mine. Die Ehefrau vom Heimleiter, die sich meistens im Hintergrund aufhielt, ging zu Ben und führte ihn hinaus, um den Kopf zu behandeln. Wir hörten Ben immer noch weinen. Der Heimleiter sagte zu einem der Jungen, dass er auf die Toilette gehen solle, um Klopapier zu holen, um das Blut wegzuwischen.

„Ich dulde keinen Widerspruch!", sagte er.

Wir waren alle wie betäubt. Das war eine viel zu heftige Reaktion. Und dass auch noch Blut floss, hat uns alle ziemlich schockiert und verängstigt. Wir alle hatten das Gefühl, Wachs in den Händen des Heimleiters zu sein!

„Jetzt geht auf eure Zimmer.“
Lautlos verließen wir den Speisesaal und gingen auf unsere Zimmer. Ben war noch nicht da. Er war wohl noch bei der Heimleiterin.

„Das müssen wir unseren Eltern sagen“, meinte Mike.

„Ja klar“, sagte ich.

„Außerdem glaube ich, dass Ben gar nichts gesagt hat! Das war ein anderer!“, sagte Jürgen, der neben Ben gesessen hatte.

„Dieser Heimleiter ist ganz schön gefährlich. Ich habe gehört, dass der auch Judo kann“, sagte Helmut.
Dann ging die Tür auf und Ben kam rein. Er hatte einen weißen Verband um den Kopf.

„Ist es schlimm?“, fragte ich.
Ben schüttelte nur leicht den Kopf, legte sich ins Bett, drehte uns den Rücken zu und schluchzte leise. Wir legten uns auch in die Betten und warteten auf den Durchgang vom Heimleiter. Der kam dann irgendwann rein, sagte „Gute Nacht“, knipste das Licht aus und schloss die Zimmertür hinter sich. Kein Wort zu Ben. Nichts! Er fragte noch nicht einmal nach, wie es ihm denn gehe. In den nächsten Tagen haben wir auch mit anderen Jungen über diese

Sache gesprochen. Aber keiner hatte eine richtige Idee, wie man damit umgehen solle. Das Einzige, was uns einfiel war, dass wir das unseren Eltern sagen müssten. Ob das jemand gemacht hat, weiß ich nicht. Jedenfalls haben wir von keinen Konsequenzen gegen den Heimleiter gehört. Der tat jedenfalls so, als ob nichts geschehen wäre.

Und so vergingen weitere Tage. Es war schon ziemlich herbstlich und es wurde immer früher dunkel. Jetzt waren wir nach dem Abendessen nicht mehr draußen, sondern blieben im Heim. Und was macht man dann so? An zwei Abenden in der Woche gingen einige von uns mit der Heimleiterin in den Keller zum Flechten. Aus Papyrus haben wir dann Brotschalen oder Brotkörbe geflochten. Die waren als Weihnachtsgeschenke für unsere Eltern gedacht. Ich habe mich für eine Brotschale entschieden, da die schneller herzustellen war als der Brotkorb. Ich hatte nicht das richtige Geschick zum Flechten. Meine Brotschale war nicht richtig rund und auch nicht richtig gewölbt. Aber durch Einlegen in Wasser und entsprechendes Hinbiegen nahm sie ein wenig die richtige Form an. Als ich die Weihnachten meiner Mutter schenkte, war sie gerührt vor Freude. Das Beste war aber, dass wir zweimal in der Woche Fernsehen durften. Samstags und mittwochs. Wobei der Mittwoch am besten war, da lief nämlich „Percy Stuart". Der hatte es nicht nur mir, sondern auch den anderen Jungen angetan. Was der machte, gelang. Der ließ sich nichts sagen. Und hatte letzten Endes immer recht.

> Es geht darum, dass Percys verstorbener Vater bestimmt hat, dass er um Aufnahme in den exklusiven „Club der 13" oder auch „Excentric-Club" in London ersuchen soll. Der Club besteht aus ehemaligen Präsidenten, Generälen, Ministern und Richtern, die aber eigentlich keine weitere Aufnahme in ihren Kreis zulassen wollen. So wird als Lösung eine „Aufnahmeprüfung" vorgeschlagen. Jedes Mitglied stellt Percy Stuart eine besondere Aufgabe. Bei ihrer Lösung ergeben sich gefährliche, turbulente, aber auch heitere Abenteuer, die in verschiedenen Orten und Ländern spielen.

Jedes Mal, nach Ende der Sendung, gingen wir im Gefühl, auch ein Percy Stuart zu sein, auf unsere Zimmer. Und dieses Gefühl führte zu einer ganz persönlichen Lebenserfahrung, die ich mir und auch anderen gerne erspart hätte. Nach einem dieser Fernsehabende gingen wir wieder auf unsere Zimmer. Ich war wie aufgedreht und spielte einige Gesten und Sprüche von „Percy" nach, zur allgemeinen Belustigung von Ben und den anderen. Ich war groß in Fahrt und nicht zu stoppen. Auch nicht, nachdem der Heimleiter durch die Zimmer gegangen war und Bettruhe herrschte. Ich flüsterte weiter und die anderen kicherten vor sich hin. Ich war so gut drauf, dass die andern herzhaft in die Kopfkissen lachen mussten, damit der Heimleiter das bloß nicht hört. Mike mahnte mich, damit aufzuhören, damit es keinen Ärger gäbe. Aber ich hörte nicht auf und machte einfach weiter. Dann flog die Zimmertür auf. Das Licht ging an. Der Heimleiter kam rein, packte mich am Oberarm, zog mich hoch und gab mir eine Ohrfeige, dass es nur so klatschte.

„Morgen werdet ihr auseinandergelegt!", sagte er.

Er knipste das Licht aus und verließ das Zimmer. Ich war unheimlich erschrocken. Mein Oberarm schmerzte. Meine Wange brannte wie Feuer. Und ich hatte mir vor Scheck in die Hose gemacht. Wenn der uns wirklich auseinanderlegt … Ich fing an zu weinen. Das wollte ich doch nicht! Im Zimmer war es totenstill, so als ob die anderen die Luft anhielten. Ich spürte, wie mein Herz raste und mir bis zum Hals schlug. Am anderen Morgen sagte keiner etwas. Ja, ich hatte Mist gebaut und bat die anderen um Entschuldigung. Aber keiner sagte etwas. Ich ging zur Schule, zur Arbeitsstunde und nach dem Abendessen mussten alle wieder im Speisesaal erscheinen. Der Heimleiter stellte sich wieder vor uns hin und sagte:

„Zimmer 14 hat gegen die Bettruhe verstoßen und wird auseinandergelegt!"

Er sagte meinen Namen und: *„Du wirst auf Zimmer 3 verlegt."*

Die von Ben, Mike und den beiden anderen nannte er auch und ebenfalls die Zimmernummer, auf die sie verlegt werden sollten.

„Morgen nach dem Mittagessen zieht ihr um!", sagte er. *„Und ich rate jedem hier in Deernshörn, sich an die Bettruhe zu halten, sonst ergeht es euch ebenso! Auch wenn sich nur einer nicht daran hält, betrifft es das ganze Zimmer! Und jetzt geht wieder hoch!"*

Mein Herz schlug mir wieder bis zum Hals. Ich hörte, wie die anderen Jungen meinen Namen sagten und:

„... Der hat das Zimmer auseinandergebracht!", und: *„Jetzt kriegen wir auch noch einen Neuen aufs Zimmer."*

Erst jetzt wurde mir die ganze Tragweite meiner Handlung bewusst. Nicht nur, dass ich dafür verantwortlich war, dass mein Zimmer auseinandergelegt wurde, nein, ich war auch dafür verantwortlich, dass die andern Zimmer einen anderen Jungen aufnehmen mussten. Das führte ja zu Konsequenzen auf den Zimmern. Beispielsweise zu weniger Platz, und ein „neuer" Junge kommt aufs Zimmer, der jetzt in die Gemeinschaft aufgenommen werden musste. Da Deernshörn nur 9 Zimmer hatte, jetzt aber 5 Jungen verlegt wurden, war fast ganz Deernshörn davon betroffen. Deshalb waren natürlich alle sauer auf mich. Und dazu kam auch noch die Ungewissheit, wie lange wir auseinanderbleiben mussten.

Zimmer 3, auf das ich verlegt wurde, war ein 3-Bett-Zimmer, aber nur mit zwei Jungen belegt. Die gingen in höhere Klassen als ich und waren auch schon älter. Das einzig Gute war, dass sie mich zufrieden ließen. Sie ärgerten mich nicht. Allerdings haben sie mich auch nicht großartig beachtet. Die machten ihr eigenes Ding. Der eine von beiden, der größere, war ein wenig dicklich. Der lächelte wenigstens mal ab und zu. Ansonsten haben die viel gelesen und Musik gehört. Die hatten jeder einen Kassettenrekorder und Kassetten mit Rockmusik. Und wie der Zufall es so wollte, bekam ich zu meinem Geburtstag ein Paket, in dem auch ein Kassettenrekorder war. Den hatte ich mir nicht gewünscht, aber nun war er eben da. Darin befand sich eine Kassette. Keine gekaufte, weil kein Titel draufstand, sondern eine bespielte. Die beiden waren genauso gespannt darauf wie ich, was wohl auf der Kassette zu hören wäre. Ich saß auf meinem Bett, den Kassettenrekorder in der Hand und drückte die Starttaste. Da hörten wir die Stimme meines Vaters, der mir zum Geburtstag gratulierte, und anschließend sang die ganze Familie „Happy birthday to you". Wir drei schauten uns an. Es war mir peinlich, und ich glaube, dass ich ziemlich rot geworden bin. Der eine von den beiden packte dann in sein Nachtschränkchen, holte eine Kassette hervor, gab sie mir und meinte:

„Hör dir das mal an. Is' besser. ,In The Year 2525'
und ,Sugar Sugar'."

Winter

Der Winter war zum Jahreswechsel sehr kalt und brachte viel Schnee, im Norden auch noch Sturm. Gegen Ende der Weihnachtsferien erhielten wir Post vom Internat.

„Auf Grund der außergewöhnlichen winterlichen Verhältnisse werden die Weihnachtsferien um eine Woche verlängert", las mein Vater vor.

Er meinte, dass die Fährschifffahrt eingestellt sei, da die Fahrrinne zugefroren war. Das war erst einmal eine gute Nachricht, aber leider gehen auch verlängerte Weihnachtsferien einmal zu Ende. Also ging's wieder ab nach Bensersiel. Auf der Autofahrt zur Küste wurde die Landschaft immer schneereicher. An den Straßenrändern türmte sich der Schnee teilweise bis zu zwei Meter hoch.

„Mannomann", sagte mein Vater. *„Hier ist ja ganz schön was los gewesen!"*

Später hörte ich noch vom Eiswinter im Jahr zuvor. Da gab es wohl für zwei Tage keinen Strom auf der Insel und die Internatsschüler haben vor Kälte mit Decken in ihren Betten gelegen.

In Deernshörn angekommen, teilte mir der Heimleiter mit, dass Zimmer 14 wieder zusammengelegt wird. Ich hatte über die Weihnachtsferien überhaupt nicht mehr daran gedacht, aber das schien mir doch eine gute Nachricht zu sein. Also bezog ich wieder mein altes Zimmer mit Ben, Mike und den beiden anderen. Trotzdem war es nicht mehr so, wie es am Anfang gewesen war. Es stand etwas zwischen mir und den anderen. Ausgesprochen hat das keiner, man zeigte es mir nur. Es ging keiner mehr mit mir gemeinsam in den Ort oder an den Strand. Ich musste mich schon andern anschließen. Aber die wollten auch nicht viel mit mir zu tun haben, da ich ja nicht zu deren Zimmergemeinschaft gehörte. Da blieb eben nichts anderes übrig als alleine loszuziehen.

Es waren einige Wochen ins Land gezogen, ich war gerade im Keller mit dem Kellerdienst beschäftigt – Treppe fegen und Müll wegbringen –, da kam Helmut die Treppe runtergelaufen und rief ganz aufgeregt, dass ich schnell einmal aufs Zimmer kommen solle. Das klingt ja richtig spannend, dachte ich. Also ging ich voller Erwartung nach oben. Als ich die Zimmertür öffnete, standen alle vier mitten im Zimmer, schauten mich an und riefen gemeinsam im Chor meinen Nachnamen und:

„Der muss weg, hat keinen Zweck!"

Und das gleich mehrmals hintereinander. An der Zimmerlampe, die mitten unter der Decke hing, waren Zettel befestigt, auf denen ebenfalls mein

Nachname stand und Zeichnungen von Schweinen und Sprüchen wie:

„Hau bloß ab!", und: *„Raus hier!"*

Das Geschrei, das die vier da an den Tag legten, weckte natürlich die Neugier der andern Jungen, die dann aus ihren Zimmern angelaufen kamen, um zu sehen, was denn bei uns los sei. Und so stand ich da. Vor mir meine Zimmerkameraden, die immer noch schrien, hinter mir auf dem Flur die anderen Jungen. Das Herz schlug mir wieder bis zum Hals. Ich hatte mit allem gerechnet, aber nicht damit. Jetzt wurde mir klar, dass dieses Kapitel erst dann abgeschlossen sein würde, wenn ich Zimmer 14 verlassen hätte. Ich schloss die Zimmertür und sagte zu Ben und den anderen, dass ich gehen werde. Wohin, auf welches Zimmer, wusste ich nicht, aber gehen musste ich. Ich habe dann mit der Heimleiterin gesprochen, ob sie mir vielleicht dabei helfen wolle, ein anderes Zimmer zu finden. Nach einigen Tagen meinte sie, ob ich nicht mal mit den Jungs von Zimmer 19 sprechen wolle. Das tat ich auch, stieß aber auf keine rechte Begeisterung. Dann hat sie noch einmal mit denen gesprochen und meinte, dass ich da einziehen könne. Da war ich erst einmal froh. Das war zwar keine gute Lösung, aber eine andere gab es nicht. Ich nahm also meine Sachen und zog in Zimmer 19 ein.

Zimmer 19 war ein 5-Bett-Zimmer, das aber nur mit drei Jungen belegt war. Die gingen ebenfalls in meine

Klasse und waren schon ein Jahr länger im Internat als ich. So ganz einfach ist das nicht, wenn man neu in eine Zimmergemeinschaft kommt. Man muss erst das Vertrauen der anderen gewinnen. Das war für mich natürlich umso schwerer, da ja alle wussten, was ich in Zimmer 14 angerichtet hatte. Also versuchte ich es erst gar nicht, mich denen aufzudrängen. Die machten ihre Sachen, ich machte meine. Und so verliefen die letzten Wochen bis zu den Osterferien relativ ruhig.

Besser wurde es erst mit Beginn des Sommers. Wir hatten uns aneinander gewöhnt und stellten fest, dass wir ganz gut miteinander auskamen. Wir gingen wieder gemeinsam in den Ort zum Inselladen, um Cola zu kaufen, oder auch mal an den Strand. Bei einem dieser Spaziergänge fragte ich Aik, ob er schon mal etwas von den Bunkern aus dem 2. Weltkrieg gehört habe, von denen Ben einmal erzählt hatte.

„Klar“, sagte er, „davon habe ich gehört. Die sollen in den Randdünen und im Pirolatal in Richtung Ostende sein. Und da sind nicht nur Bunker, sondern auch Flakstellungen. Wenn wir dahin gehen, müssen wir unheimlich vorsichtig sein. Das ist nämlich strengstens verboten. Wenn wir da erwischt werden, fliegen wir vom Internat.“

„Aber wenn wir aufpassen, können wir uns das doch mal ansehen, oder?“

„Können wir machen. Dann nehmen wir aber auch Kenny mit.“

Kenny war übrigens der Freund von Aik. Mit dem kam ich aber auch ganz gut aus.

„*Aber im Sommer*", sagte Aik, „*geht das nicht wegen der ganzen Sommergäste. Das müssen wir im Herbst machen.*"

Und so blieben wir den Sommer über erst einmal am Hundestrand oder gingen in Richtung Flinthörn.

Sommer

Der Sommer ist eigentlich sowieso schon die schönste Jahreszeit, aber einen ganzen Sommer auf einer Insel zu verbringen, das ist nun wirklich das Beste, was man sich vorstellen kann. Jede freie Minute verbrachten wir am Hundestrand. Wir schnappten uns unsere Badehosen, Handtücher, ein paar Kekse, und los ging's. Nachdem wir den Dünenweg zum Hundestrand runtergelaufen waren – normalerweise liefen Aik, Kenny und ich immer um die Wette –, legten wir unsere Sachen mal rechts oder mal links am Rand der Dünen ab. Wir zogen unsere Hosen und T-Shirts aus, und runter ging's zum Wasser. Bei Flut stürzten wir uns in die Wellen und bei Ebbe planschten wir in den warmen Prielen. Ab und zu kamen auch Mädchen aus unserer Klasse vorbei. Die hielten sich aber nicht lange auf und blieben lieber, so wie wir auch, unter sich. Dann hatte Kenny eine super Idee. Als er am Strand ein Brett fand, an dessen Ende ein Nagel herausschaute, besorgte er sich einen Stock, hielt das Stockende an den Nagel und schob das Brett auf dem Wasser vor sich her. Dann fing er an zu laufen und gab dem Brett einen richtigen Schubs, und das sauste dann mit einem Affenzahn über das Wasser. Jetzt mussten Aik und ich natürlich auch so ein Brett haben. Bretter lagen ja genug am Strand rum, aber es fehlte der Nagel. Also suchten wir Nägel. Die, die wir fanden, waren so verrostet, dass sie abbrachen, wenn man sie ins Brett schlagen wollte. Was nun? Als Aik einen Draht fand, wickelte er den um das Brettende. An den Draht konnte er den Stock halten, und das Brett ließ sich so einigermaßen über das Wasser schieben. Aber der „Hit", wie er zu sagen pflegte, war das nicht! Die nächsten Tage hatten wir damit zu tun, uns in Deernshörn, in der Schule oder von wo auch immer vernünftige Nägel zu besorgen. Mit besseren Stöcken und besserer Handhabung verfeinerten wir unsere Technik. Wir machten Wettrennen oder versuchten das Brett weiter über das Wasser gleiten zu lassen als der andere. Revolutioniert wurde das Ganze dann von Aik. Der hatte sich eine Strandschüppe mit einem langen Stil besorgt und konnte jetzt viel besser steuern. Die Schüppe konnte jetzt nicht mehr zur Seite abrutschen, was häufiger mit dem Stock ge- schah. Zudem konnte er durch leichtes Drehen am Stil Druck auf die rechte oder linke Seite des Brettes erzeugen. Dadurch konnte er bessere Kurven fahren und war bei Wettrennen immer im Vorteil. Kenny und ich besorgten uns natürlich auch Schüppen. Das konnten wir nicht auf uns sitzen lassen, dass Aik besser war als wir. In Anlehnung an die Fährschiffe nannten wir unsere Bretter „Schlickrutscher". Unser neues Spielzeug fand natürlich Nachahmer. Aber sosehr sich die anderen auch bemühten, wir waren immer besser.

So vergingen die Wochen. Aus dem Hochsommer wurde Spätsommer. Immer weniger Sommergäste waren auf der Insel. Am Hauptstrand wurden die Strandkörbe mehr und mehr zusammengestellt. Bald würde Langeoog wieder den Insulanern und uns gehören. Im Herbst würde dann auch das Verbot aufgehoben, an den Hauptstrand gehen zu dürfen, weil wir dann ja keinen mehr stören könnten. Bis es aber so weit war, galt das Verbot noch. Aik, Kenny und ich hielten uns aber nicht immer daran. Wir zogen dann vom Hundestrand los zum Hauptstrand. Aufmerksam beobachteten wir die Gehwege am Dünenrand, ob denn da wohl auch kein Lehrer wäre. Wenn es uns so vorkam, versteckten wir uns schnell hinter einen Strandkorb oder sprangen in eine Sandburg. War die Luft wieder rein, zogen wir weiter. Es waren zwei Gründe, die uns reizten, an den Hauptstrand zu gehen. Zum einen war es der Nervenkitzel und zum anderen konnten wir mit etwas Glück unser Taschengeld aufbessern. Wir suchten nämlich nach Geld. Der ständige Seewind wehte rund um die Strandkörbe den feinen Sand fort und liegen blieben nur die schweren Steinchen und Muscheln – und vielleicht auch mal eine Münze. Aik, Kenny und ich bildeten eine Reihe und gingen so von Sandburg zu Sandburg. Wenn einer mal was fand, liefen wir zusammen und feierten uns als „Glücksritter". Angespornt von dem Fund suchten wir weiter. Meistens waren es Groschen, die wir fanden, dann mal 50 Pfennig, ganz selten mal mehr. Am Ende der Geldsuche wurde geteilt oder wir kauften gemeinsam im Inselladen ein.

Aber dann, eines Tages, entdeckten wir die Geldquelle schlechthin! Oben auf der Promenade, die entlang dem Hauptstrand führte, waren neben Gaststätten und Geschäften auch noch stationäre Fernrohre, die den Blick freigaben, wenn man Geld einwarf. Die Fernrohre waren auf einem stabilen Rohr befestigt, welches in einem Fundament in der Düne eingelassen war. Über dem Fundament lag ein rechteckiger Lattenrost, auf dem man bequem stehen konnte. Als wir eines schönen Tages an so einem Fernrohr standen und so taten, als würden wir hindurchsehen, bemerkte ich, dass zwischen den Latten ein Geldstück lag. Ich bückte mich und versuchte mit meinen Fingern das Geldstück zu packen.

„*Da liegt Geld*", sagte ich, „*aber ich komme nicht dran.*"
Aik und Kenny versuchten es auch, kamen aber auch nicht dran.

„*Geht mal da runter*", sagte Kenny, „*ich hebe den Lattenrost hoch.*"
Kenny hob den Lattenrost hoch, Aik und ich bückten uns und trauten unseren Augen nicht.

„*Da liegt noch viel mehr!*", sagte Aik.

Kenny hob den Lattenrost noch ein wenig höher, um selbst besser sehen zu können.

„Das ist ja Wahnsinn!", sagte er.

Wir sammelten das Geld ein und durchwühlten den Sand, um ja alles zu finden. Dann zählten wir nach. Eine Mark und 90 Pfennig. So viel hatten wir in so kurzer Zeit noch nie gefunden.

„Das ist ja Wahnsinn!", sagte Kenny wieder. *„Überlegt mal, wie viele Fernrohre hier oben rumstehen."*

Das waren einige. Aber wie viele genau, wussten wir auch nicht.

„Wenn das zehn Stück sind und wir die einmal in der Woche absuchen", meinte Aik, *„dann kommt da richtig was zusammen."*

„Ja, schade nur, dass die meisten Sommergäste schon alle weg sind. Das ist dann eigentlich nur eine einmalige Ausbeute", ergänzte ich.

Angetrieben von der Gier gingen wir zum nächsten Fernrohr. Und auch da fanden wir etwas. Nicht so viel wie beim ersten. Und beim dritten fanden wir wieder mehr als beim zweiten. Wir hatten längst nicht alle Fernrohre abgesucht, aber am Ende des Tages hatten wir über vier Mark gefunden. Als wir wieder in Deernshörn waren, sagte Aik:

„Also lasst uns mal überlegen, wo überall Fernrohre rumstehen könnten. Am Hafen sind auf alle Fälle welche."

„Und auch bei der Seenotbeobachtungsstation", sagte Kenny.

Für uns war klar, dass wir in den nächsten Tagen die Fernrohre abgehen würden. Für einen Samstagnachmittag planten wir zum Hafen zu gehen und an den andern Nachmittagen wollten wir die Promenade patrouillieren. Die Fernrohre am Hafen waren leider ein Misserfolg, da diese frei standen und keine Lattenroste hatten. Auf der Promenade mussten wir aufpassen, damit uns niemand bei unserer Suche sah. Wenn sich jemand in der Nähe aufhielt, setzten wir uns auf eine Bank, die immer neben dem Fernrohr stand, und warteten, bis niemand mehr zu sehen war. Einmal kam es vor, dass unser Geschichtslehrer vorbeikam. Er sah uns drei auf der Bank sitzen und fragte:

„Na, was macht ihr denn hier?"

„Wir schauen uns die Aussicht an", entgegnete Kenny.

„So, so, ihr schaut euch die Aussicht an. Und wie sind die Aussichten?"

„Ganz respektabel", sagte Aik.

Unser Geschichtslehrer nickte nur, wünschte uns noch viel Spaß, murmelte so etwas wie „Carpe diem" und ging weiter. Ihm war klar, dass wir nicht die Aussicht genießen würden. Aber was wir wirklich vorhatten, konnte er nicht erahnen. Nachdem wir alle Fernrohre inspiziert hatten, waren wir um einige Mark reicher, aber die Geldquelle war damit auch versiegt. Wir verabredeten, niemandem davon zu erzählen, und wollten im nächsten Spätsommer wieder losziehen.

Den wertvollsten Fund aber, den ich jemals machte, war eine Armbanduhr der Marke Kienzle, die ich in einer kurzen Hose fand, die vom Sand fast zugeweht war. Als ehrlicher Finder habe ich die Armbanduhr natürlich beim Fundbüro abgegeben. Als sich nach einem Jahr niemand gemeldet hatte, durfte ich die Armbanduhr behalten. Um zu überprüfen, ob es sich um eine gute Uhr – also um eine wasserdichte Uhr – handelte, habe ich sie über Nacht in meinen Zahnputzbecher, der voller Wasser war, gelegt. Gespannt holte ich sie am nächsten Tag heraus. Aik und Kenny schauten mir über die Schulter. Welche Enttäuschung! Die Uhr war vollgelaufen.

„Na, jetzt hast du ja deine wasserdichte Uhr", sagte Kenny. *„Die ist so dicht, da kriegste das Wasser nie mehr raus."*

Aik lachte. Ich war wütend. Ich schüttelte die Uhr, aber das Wasser ging nicht raus. Ich legte sie in meinen Schrank, und da ist sie dann allmählich verrostet.

Verstecke

Es wurde Herbst. Die Sommergäste waren schon fast alle weg. Die Insel gehörte wieder uns. Das Wetter wurde ungemütlicher. Zum Strand gingen wir nur noch selten. Jetzt verlagerten sich unsere Aktivitäten mehr und mehr in die weitläufigen Sanddornbestände, die Dünen oder den nahegelegenen Wald, der während des 2. Weltkrieges ein Militärflugplatz war und nach Kriegsende umgepflügt und aufgeforstet wurde. Eine unserer Lieblingsbeschäftigungen war es, sich mit einem Messer einen kleinen Eingang in einen der Sanddornbüsche zu schneiden, um sich im Inneren ein Versteck einzurichten. Die Sanddornbüsche waren mehrere Meter hoch und ebenso im Umfang. Busch an Busch stehend, gab es da kaum ein Durchkommen. So zogen Kenny, Aik und ich los nach *Klein Moskau* – so nannten wir die Schrebergärten, die die Insulaner zwischen Wald und Dünen angelegt hatten –, um einen geeigneten Sanddornbusch zu finden. Einfach war das nicht, so durch die Büsche zu gehen, denn die langen Dornen stachen uns durch die Hosen und die Ärmel unserer Parkas.

„*Der ist gut*", sagte Aik.

„*Versuchen wir's*", sagte ich.

Die vorderen Zweige wurden zur Seite gebogen und die dahinterliegenden Zweige wurden überm Boden abgeschnitten. Wir schnitten uns immer tiefer in den

Busch. Es war eine schmerzhafte und langwierige Arbeit. Wir schafften das auch nicht an einem Nachmittag. Bis so ein Busch richtig ausgehöhlt war, brauchten wir manchmal eine ganze Woche. Als wir fertig waren, war das Versteck perfekt. Von außen konnte uns niemand sehen. Äußerliche Spuren am Busch galt es zu vermeiden. Wir waren uns sicher, käme jemand am Busch vorbei, er hätte uns nicht bemerkt. Als Nächstes musste ein Loch in die Erde gebuddelt werden, in das wir einige Habseligkeiten einlagerten. In Plastiktüten und Dosen versteckten wir dort Streichhölzer, Benzin, einen kleinen zusammenfaltbaren Spirituskocher und auch eine Papyrusfaser, die wir aus dem Bastelkeller unserer Heimleiterin „entliehen" hatten. Die Papyrusfaser war für den Fall, dass wir mal eine rauchen wollten. Sie glomm ganz gut und durch die hohlen Adern konnte man gut daran ziehen.

Und dann, eines Tages im November, wir saßen wieder in unserem Busch und hatten ein kleines Lagerfeuer am Brennen, da hörten wir Schüsse. Viele Schüsse, und die kamen immer näher.

„Ich seh mal nach", sagte Kenny.
Er kroch raus, kam wieder und sagte:

„Da kommen Jäger! Das ist eine Treibjagd! Mach das Feuer aus!"

Jetzt saßen wir in der Falle. Rausgehen war zu gefährlich. Also legten wir uns auf den Boden und machten uns so flach es eben ging.

„Worauf schießen die denn?", fragte ich.

„Wahrscheinlich auf Fasane und Hasen", meinte Aik.

Na toll, dachte ich. Wo sitzen denn wohl Fasane und Hasen? Natürlich in den Sanddornbüschen. Die Jäger kamen näher und näher. Das quietschende Flügelschlagen der Fasane konnte man hören. Und da raschelte es auch schon im nahen Gebüsch.

„Schrotkugeln", flüsterte Kenny.

So eine Scheiße!, dachte ich und zitterte dabei am ganzen Körper. Dann hörten wir schon das Geschrei der Treiber und einzelne Wortfetzen.

„Die sind gleich hier", sagte Aik.

Keiner sagte mehr was. Und da kam auch schon einer an unserem Busch vorbei. Blieb kurz stehen und ging weiter. Wir rührten uns nicht. Das Herz schlug mir bis zum Hals. Die Jäger gingen weiter.

„Glück gehabt", meinte Kenny. *„Haste gesehen, hier findet uns keiner."*

„Lass uns abhauen", sagte ich, *„ich habe keine Lust mehr."*

Wir warteten noch eine viertel Stunde und gingen los. Unterwegs fanden wir einige leere Patronenhülsen. Die nahmen wir mit als Souvenir.

Ein paar Wochen später sollte sich herausstellen, dass wir unverhofft eine neue Einnahmequelle entdeckt hatten. Es stellte sich nämlich heraus, dass mit einigen seltenen Patronenhülsen in Deernshörn gut Handel betrieben werden konnte. Andere Jungen hatten ebenfalls Patronenhülsen gefunden und die wurden gesammelt und untereinander getauscht. Die normalen waren schwarz und aus Pappe. Wertvoll waren die für uns nicht, da man die am häufigsten fand. Aber dann kam ein Junge mit einer grünen Patronenhülse aus Kunststoff an. Je seltener, desto höher im Wert. Da gab es doch tatsächlich den einen oder anderen Jungen, der bereit war, dafür eine halbe Tafel Schokolade zu geben. Tja, dachten wir, wenn das so ist, können wir da ja auch mitmischen. Wir wussten ja, wo die Treibjagd hergegangen war. Also machten wir uns auf den Weg und suchten zwischen den Sanddornbüschen nach Patronenhülsen. Wir fanden viele, aber immer nur die schwarzen aus Pappe. Wir hatten die Hoffnung schon aufgegeben, da rief Aik:

„*Habe eine!*"

Wir liefen zu ihm und er präsentierte uns eine gelbe Kunststoffpatrone.

„*Mann, eine gelbe! Die hat ja noch keiner!*", sagte ich.

„*Pass auf*", meinte Aik, „*der Jäger hat bestimmt noch mehr davon verschossen. Wir müssen uns die Richtung ansehen, aus der er gekommen sein könnte und in die er dann gegangen ist."*

„Stimmt", meinte Kenny, *„ich geh mal etwas weiter zurück. Vielleicht finde ich was."*

Kenny ging zurück, Aik weiter vor, und ich schaute mich da um, wo Aik die gelbe Patrone gefunden hatte. Und tatsächlich! Ein bisschen weiter lag noch eine.

„Ich habe noch eine!", rief ich.

Jetzt war wieder das alte Jagdfieber da. Und eines war gewiss: Zwei gelbe Patronenhülsen aus Kunststoff und gut verhandelt bedeuteten zwei Tafeln Schokolade. Leider waren das die einzigen, die wir an diesem Tag fanden. Aber in den darauffolgenden Wochen fanden wir noch weitere. Auch waren grüne, hellgrüne und blaue dabei. Eine von jeder Farbe behielten wir für uns; die anderen wurden gegen Schokolade oder auch mal gegen ein „Mars" getauscht.

Eine andere Art Versteck konnte man auch gut in den Dünen bauen. Nämlich eine Höhle. Das ging schneller als einen Sanddornbusch auszuhöhlen, aber man hatte auch nicht eine so gute Deckung wie im Sanddorn. Die Vorgehensweise war immer dieselbe. Von den Sanddornbüschen aus gingen wir in die Dünen und suchten einen Platz, von dem aus wir den Strand und *Klein Moskau* einsehen konnten. Das war wichtig für den Fall, falls jemand auf uns zukäme, um dann schneller flüchten zu können. Hatten wir einen geeigneten Platz gefunden, gingen wir an den Strand und suchten Treibholz. Das Treibholz war für das Dach gedacht und musste entsprechend stabil sein, weil es einiges tragen musste. Das schafften wir erst einmal an die Dünen ran. Dann mussten drei Dinge an einem Nachmittag gemacht werden: Graben, Abdecken, Tarnen. Zuerst gruben wir gemeinsam ein Loch, das uns dreien Platz bot. Danach holten wir das Treibholz vom Strand und legten es über das Loch. Abschließend schmissen wir Sand auf das Treibholz, besorgten uns Strandhafer und, wenn es in die Landschaft passte, auch kleine Sanddornzweige. Die pflanzten wir aufs Dach unserer Höhle. Vor den Eingang, ein kleines Loch, durch das man nur auf allen vieren kriechen konnte, kam ebenfalls ein Brett mit gleicher Tarnung. Fertig. Mit der Zeit wurden wir so perfekt im Bau der Höhle, dass wir manchmal selber Schwierigkeiten hatten, die Höhle wiederzufinden. Auch wurde die Dachkonstruktion mit der Zeit so stabil hergestellt, dass einer von uns drauf stehen konnte. Und genau dieser Umstand bewahrte uns einmal vor Unannehmlichkeiten.

Als wir drei wieder einmal in unserer Höhle saßen, hörten wir auf einmal Stimmen, die schnell näher kamen. Der Eingang zur Höhle war noch offen, aber es war zu spät, ihn zu schließen. Also blieben wir still sitzen und hofften, dass man uns nicht entdecken würde.

„Das sind mehrere", flüsterte ich.

Da kamen sie auch schon angelaufen. Rums, rums!, einer lief über unser Dach und weg waren sie. Wir drei guckten uns nur an und krochen vorsichtig aus der Höhle, um nachzusehen. Da war doch tatsächlich die Lauftruppe unseres Sportlehrers in den Dünen unterwegs!

„Haste das gesehen?", sagte Aik. *„Die haben nichts gemerkt. Die sind voll über das Dach gelaufen."*

„Die dürfen doch gar nicht durch die Dünen laufen", sagte Kenny. *„Und das auch noch mit 'nem Lehrer."*

„Hoffentlich kommen die nicht zurück", entgegnete ich.

„Glaub ich nicht", sagte Aik. *„Die laufen bestimmt weiter bis zum Hafen."*

Bunker

Natürlich haben wir in den Wintermonaten nicht ununterbrochen Sanddornbüsche ausgehöhlt oder in den Dünen rumgegraben. Es gab vielerlei Dinge, die man in der Freizeit machen konnte. Und so haben wir uns entschlossen, an den nächsten Wochenenden zu den Bunkern zu gehen.

Durch die Dünenwege, über die Promenade, runter an den Hauptstrand, ging es in Richtung Ostende. In den Dünen sahen wir die Seenotbeobachtungsstation stehen. Wir gingen weiter und erreichten die „Steilküste". Für uns war es die „Steilküste", weil die Randdünen nicht flach, sondern fast senkrecht zum Strand abfielen. Bei Sturmflut kam das Wasser immer bis an die Dünen ran und jedes Mal brach etwas davon ab.

„*Dahinten, sieht du?*", sagte Aik zu mir. „*Da ist einer.*"
Jau, oben auf der Düne sah man den Bunker stehen. So schnell es ging liefen wir dahin. Am Fuß der Düne lagen Betonplatten und ausgebrochene Betonstücke, in denen noch verrostete Eisenstangen steckten. Stahlseile und Kabel hingen an der Düne herunter.

„*Ich gehe als Erster*", sagte Kenny.
Schon hatte er eines der Stahlseile gepackt und zog sich an ihm die steile Düne hoch. Etwa einen Meter

unterhalb der Abbruchkante packte er sich eine Wurzel von den Büschen, die oben auf der Düne wuchsen, und wollte sich daran nach oben ziehen. Die riss aber ab und er konnte sich noch so eben am Stahlseil festhalten. Er schaute zu uns runter und wir gespannt zu ihm nach oben.

„Neuer Versuch!", rief er.

Er machte einen langen Arm und packte sich die nächste Wurzel. Die schien zu halten. Er ließ das Stahlseil los, griff nach oben an die Kante und zog sich weiter hoch. Erst warf er den einen Arm über die Kante, dann den anderen, ein Hüftschwung und ein Bein war oben. Jetzt konnte er sich bäuchlings über die Kante rollen und verschwand hinter der Abbruchkante. Dann tauchte sein Kopf wieder auf und er schaute zu uns runter.

„Los, der Nächste!", rief er.

„Willst du?", fragte Aik.

„Mach du mal", erwiderte ich.

Also ging Aik als Nächster und machte es genauso wie Kenny. Jetzt packte ich das Stahlseil. Es war kalt und stachelig. Ich schaute in meine Hand. Die war ganz braun vor Rost. Egal, jetzt geht's hoch. Ich glaube, dass ich keine gute Figur machte, denn ich war der Langsamste von uns dreien. Und bedächtig zog ich mich am Stahlseil die Düne hoch.

„Worauf wartet du?", rief Aik zu mir runter. *„Ich will Ostern wieder zu Hause sein!"*

Großes Gelächter von Kenny.

„Ja, ja, ich komm ja schon!", rief ich zurück.

Am Ende des Stahlseils angekommen, schaute ich mich nach der Wurzel um, die die beiden gepackt hatten. Die schien mir aber weiter weg zu sein, als es von unten aussah. Aik und Kenny dauerte das alles zu lange. Sie streckten mir ihre Hände entgegen und zogen mich hoch. Weil sie mich aber nicht nur an den Händen, sondern auch am Ärmel vom Parka packten, zogen sie ihn mir fast über den Kopf. Dabei rutschte auch noch mein Pullover hoch und das Unterhemd aus der Hose. Mit nacktem Bauch zerrten sie mich über die Abbruchkante. So stand ich jetzt da. Der Bauch war zerkratzt und die Hose voller Sand. Aik und Kenny kugelten sich vor Lachen.

„Ha, ha!", sagte ich. *„Vielleicht geht's das nächste Mal 'n bisschen vorsichtiger!"*

„Nö", meinte Kenny, *„dann kannste ja den Dünenweg durchs Pirolatal nehmen"*, und zeigte in Richtung Seenotbeobachtungsstation.

Wir schauten uns um. Direkt an der Abbruchkante stand der kaputte Bunker.

„Siehst du da vorne, zwischen dem Strandhafer, da ist auch noch einer", sagte Kenny.

Ich konnte nichts erkennen. Er ging zwei, drei Schritte weiter vor und sagte:

„Da vorne, siehst du den nicht?", und deutete in die Richtung.

Da sah ich ihn. Der Bunker schaute nur ein paar Zentimeter aus dem Sand.

„Und dahinten, zwischen dem Sanddorn, ist auch noch einer", ergänzte Aik.

„Hier sind aber einige", sagte ich.

„Irgendwann sind die auch an der Abbruchkante, wenn die Sturmflut die Dünen weiter abbrechen lässt", meinte Kenny.

Wir gingen jetzt zu dem Bunker, der an der Abbruchkante stand. Kenny machte den Vorschlag, einen Spalt zu suchen, um in den Bunker reinzukommen. Vorsichtig untersuchten wir die aufgerissenen Wände des Bunkers. Das Einzige, was den Bunker noch zusammenhielt, waren die verrosteten Eisenstangen, die in den Beton eingegossen waren. An einigen Stellen hingen an den Eisenstangen kleinere Betonstücke, und an andern Stellen waren die Eisenstangen bereits abgerissen und standen aus dem Beton heraus. Wir konnten zwar in den Bunker reinsehen, aber es war zu dunkel, um im Inneren etwas Genaueres sehen zu können.

„Irgendwie müssen wir doch da reinkommen", sagte Aik.

„Vielleicht müssen wir ein bisschen buddeln", entgegnete ich.

„Ja, vielleicht", meinte Aik. *„Aber das ist doch viel zu umständlich."*

Wir standen ratlos herum, als Kenny anfing, mit dem Kopf voran seinen Oberkörper in einen Spalt zu steckten. Er quetschte sich Stück für Stück weiter, steckte dann halb in der Spalte und rief:

„Ich komme nicht weiter! Das muss anders gehen!"
Er kam wieder raus, klopfte seinen Parka ab und ging wieder um den Bunker rum. Dann fing er an einer andern Stelle an, sich auf dieselbe Weise in den Bunker reinzuquetschen. Und tatsächlich, es gelang; er war drin.

„Wie sieht's aus?", fragte ich.

„Komm rein und sieh's dir selber an!", rief er zurück.

Seine Stimme wurde von den Bunkerwänden reflektiert und kam schallend aus dem Spalt heraus. Aik und ich quetschten uns ebenfalls durch den Spalt in den Bunker. Da drin war es kalt und es roch nach feuchtem Beton. Soweit man in dem schummerigen Licht sehen konnte, waren wir nicht die Ersten, die hier drin waren. An den Wänden waren irgendwelche Kritzeleien und in den Ecken lagen Papier und Dosen. Aik ging weiter nach vorne.

„Sei bloß vorsichtig!", sagte ich.
Kenny folgte ihm und auch ich ging hinter ihm her. Kurz vor der Wand, an der sich die Abbruchkante befinden musste, hatte sich zwischen Wand und Boden ein Spalt gebildet. Wir knieten uns hin und krabbelten vorsichtig zum Spalt. Durch den konnte man die Düne runter bis an den Strand sehen.

„Wenn der Bunker jetzt kippt, dann sind wir reif", sagte Kenny.

„Ich glaube, ich gehe wieder raus", sagte ich.

Ich hatte ja, was ich wollte. Ich war im Bunker drin, und das war das Wichtigste. Ich quetschte mich durch den Spalt wieder nach draußen. Ah, das tat gut, wieder frische Luft zu atmen. Zum Schluss, dachte ich, war es mir doch nicht so ganz geheuer. Ich setzte mich neben den Spalt mit dem Rücken an die Wand und wartete. Ich hörte Aik und Kenny noch ein bisschen reden und dann kamen sie auch raus. Sie setzten sich neben mich und meinten, dass das ja ganz toll gewesen sei.

„In die andern Bunker kommen wir wahrscheinlich nicht so leicht rein", meinte Kenny, *„denn die sind größtenteils mit Sand zugeweht."*

„Und was ist mit den Flakstellungen?", fragte ich. *„Sind die hier auch in der Nähe?"*

„Die können wir gleich suchen", sagte Kenny. *„Lass uns erst einmal eine rauchen."*

Er fingerte in der oberen Tasche seines Parkas rum und holte eine Pfeife und einen Tabaksbeutel heraus. Aik holte ebenfalls seine Pfeife raus und beide fingen an, sich die Pfeifen zu stopfen.

„Ich habe einen neuen Tabak", sagte Aik.

„Zeig mal her", sagte Kenny.

Aik reichte ihm den Tabaksbeutel.

„Riecht gut. Was ist das?", fragte Kenny.

„Ich lass dich gleich mal ziehen", sagte Aik.

Das Streichholz in der hohlen Hand haltend, steckte er die Pfeife an, nahm ein paar Züge und gab sie

Kenny. Der Tabakqualm roch wirklich gut, dachte ich, nach irgendwelchen Früchten – vielleicht Kirschen. Kenny nickte ebenfalls zustimmend.

„Der ist gut. Den werde ich mir auch mal kaufen", sagte Kenny und gab die Pfeife zurück an Aik.

Der paffte wieder ein paar Züge und fragte mich dann, ob ich auch einmal ziehen wolle. Eigentlich machte ich mir nichts aus Rauchen, aber hier und jetzt am Bunker in den Dünen, warum eigentlich nicht? Also nahm ich die Pfeife und paffte einige Züge. Der Qualm brannte ein wenig auf der Zunge, aber ansonsten schmeckte der neue Tabak von Aik ganz gut. So saßen wir da, pafften vor uns hin, sahen auf Meer hinaus und über die Dünen und erzählten, was uns gerade in den Sinn kam. Es war ein herrlicher Tag. Die Zeit verging und ich meinte, dass wir eigentlich bald wieder nach Deernshörn zurückgehen müssten.

„Das mit den Flakstellungen können wir ja nächstes Wochenende machen", meinte Aik.

Und so ließen wir das mit den Flakstellungen für heute sein und gingen wieder zurück nach Deernshörn.

Das Wetter machte uns allerdings an den kommenden Wochenenden einen Strich durch die Rechnung. Es gab mal wieder einen kleinen Sturm. Und bei Regen und starkem Wind war es kein Vergnügen, sich am Strand aufzuhalten. Außerdem war es dann an der „Steilküste" zu gefährlich, denn das Wasser ging bis an die Dünen ran und ließ hier und da etwas abbrechen. Als der Sturm vorbei war und das Wetter wieder besser wurde, zogen wir wieder los. Diesmal wollten wir die Bunker nicht vom Strand aus erreichen, sondern durch das Pirolatal. Wir gingen durch den Ort in Richtung Ostende. Am Ende des Ortes bogen wir in die Straße zur Seenotbeobachtungsstation ein.

„Weißt du eigentlich, wer hier wohnt!?", fragte mich Aik auf einmal.

„Wer denn?", fragte ich.

„Liese-Lotte Helene Berta Bunnenberg wohnt gleich hier vorne", meinte Aik.

„Wer ist das denn?", fragte ich wieder.

„Die hat doch das Lied Lili Marleen gesungen. Das kennst du doch", sagte Aik.

Das Lied hatte ich schon einmal gehört. Aber mit Liese-Lotte Helene Berta Bunnenberg konnte ich nichts anfangen.

„Du kennst doch Lale Andersen, oder?", fragte Kenny.

Lale Andersen kannte ich, aber eben nicht Liese-Lotte Helene Berta Bunnenberg. Woher sollte ich wissen, dass die so hieß? Als wir am Haus von Lale Andersen vorbeikamen, staunten wir nicht schlecht. Wir konnten Lale Andersen doch tatsächlich durch das Wohnzimmerfenster am Schreibtisch sitzen sehen! In ihren Bann gezogen blieben wir stehen und schauten.

„Weiter jetzt", sagte Aik nach einer Weile, *„wir essen zeitig!"*
Mit dem Gefühl, eine Berühmtheit gesehen zu haben, gingen wir weiter. An der Seenotbeobachtungsstation vorbei runter ins Pirolatal. Vom Dünenweg bogen wir ab, zwischen den Sanddornbüschen hindurch in Richtung der Bunker. Dann sahen wir die ersten zwischen den Dünen liegen. Wir gingen hin und suchten nach einem Eingang. Aber wie Kenny schon einmal bemerkte, gab es keine Chance, da reinzukommen, da die viel zu tief im Sand steckten.

„Hier ist eine Flakstellung", sagte Kenny.

„Das soll eine Flakstellung sein?", fragte ich.

„Zumindest das Fundament, auf dem die gestanden hat", entgegnete Kenny.
Ich war enttäuscht. Was ich sah, war eine rechteckige Betonplatte, an deren Ecken jeweils eine dicke verrostete Schraube rausguckte. In der Mitte waren konzentrische Kreise von etwa einem Meter Durchmesser.

„Das ist alles?", fragte ich. *„Und wo ist der Rest?"*

„Mehr gibt's hier nicht", entgegnete Kenny. *„Auf dem Sockel stand die Flak und drum herum war die Stellung."*

Das hatte ich mir ganz anders vorgestellt. Aber mit den Jahrzehnten war wohl alles im Sand verschwunden. Dann gingen wir weiter zu unserem Bunker. Der stand immer noch an der Abbruchkante der Randdünen. Er war noch weiter unterspült worden und noch ein bisschen weiter abgekippt.

„Das dauert nicht mehr lange, dann liegt der unten", meinte Aik.

Wir legten uns nebeneinander an die Abbruchkante und schauten aufs Meer hinaus.

„Seht ihr dahinten, da ist Spiekeroog", sagte ich.

„Was haltet ihr von Dünenspringen?", fragte Kenny. *„Das geht hier besonders gut."*

„Gute Idee", sagte Aik. *„Lass uns einen guten Absprung finden."*

Wir untersuchten die Abbruchkante nach einer geeigneten Stelle und fanden eine etwas abseits der Bunker. Im Sprungbereich sollten nach Möglichkeit keine großen Steine liegen und die Düne sollte einigermaßen eben abfallen.

Beim Dünenspringen ging es darum, von der Abbruchkante so weit wie möglich nach unten zu springen, aber immer noch im Steilhang der Düne aufzukommen. Ganz runter bis auf den Strand zu springen war zu gefährlich, denn an einigen Stellen war die Düne schließlich bis zu fünf Meter hoch. Wer gut war, landete etwa einen Meter oberhalb des Strandes und ließ sich dann mit einer Vorwärtsrolle in den Sand fallen.

„Ich fange an", sagte Kenny.
Er stellte sich an den Rand der Abbruchkante, schaute nach unten, breitete die Arme aus und sprang. Es war kein schlechter Sprung, aber er landete immer noch zu hoch über dem Strand.
„Das kann ich besser", sagte Aik.
Auch er machte sich parat und sprang.
„Auch nicht schlecht!", rief Kenny.
Jetzt war ich an der Reihe. Ich wollte nicht gleich aufs Ganze gehen und sprang erst einmal auf halbe Höhe. Ich hatte mehr Spaß daran, mich dann bis zum Strand runterrollen zu lassen. Bei Aik und Kenny war das anders. Beide wollten immer den längsten Sprung bis runter zum Stand machen. Nachdem wir die Düne fünf-, sechsmal runtergesprungen und wieder hochgeklettert waren, wurden unsere Beine immer schlapper und der Schweiß rann uns den Rücken runter. Nach dem letzten Sprung setzten wir uns unten an die Düne und sprachen über die Sprünge und wer wohl den besten gemacht hätte.

Nach einer Weile standen wir auf und gingen weiter an der „Steilküste" entlang.

„Der letzte Sturm hat auch wieder heftig an den Dünen geknabbert", sagte ich. „Jedes Mal sieht das hier anders aus. Wenn mal ein richtig großer Sturm kommt, dann bricht die Insel vielleicht durch. Dann war's das mit Langeoog."

Dann sagte Kenny plötzlich: „Seht mal da vorne! Was guckt denn da aus der Düne raus?"

Wir trauten unseren Augen nicht.

„Das ist ja eine Bombe!", sagte Kenny.

Und tatsächlich. Was da aus der Düne rausguckte, war eine Bombe. Die lag etwa zehn Meter von uns entfernt, noch halb von der Düne verschüttet, im Sand. Wir blieben stehen und bewegten uns nicht. Mein Herz schlug mir bis zum Hals.

„Hoffentlich geht die jetzt nicht hoch", flüsterte ich.

„Wenn die bis jetzt noch nicht explodiert ist, dann wird sie das jetzt wohl auch nicht tun", entgegnete Aik.

Kenny war der Erste, der vorsichtig weiterging.

„Bleib hier!", sagte ich. „Das ist zu gefährlich!"

Kenny drehte sich kurz um und sagte:

„Ich geh mal hin und seh mir die genauer an."

Er ging weiter, ganz langsam und vorsichtig. Noch ein paar Meter und er stand direkt davor.

„Nun kommt schon, das ist ein Blindgänger!", rief Kenny.

Ob Blindgänger oder nicht, dachte ich, so was kann immer hochgehen. Aik ging vorsichtig zu Kenny, und ich hinterher. Wir standen um die Bombe rum. Sie war groß. Bestimmt dreißig Zentimeter im Durchmesser. Kenny bückte sich und berührte sie

mit seiner Hand. Aik und ich taten das auch. Sie war
eiskalt. Braun vor Rost. Vorne an der Spitze befand
sich ein kleiner runder zylindrischer Zapfen.

„*Lasst uns abhauen*", sagte ich. „*Das ist zu gefährlich!*"

Ich hatte das Gefühl, dass Aik ebenso dachte wie ich.
Aber er machte keine Anstalten zu gehen.

„*Ich setze mich mal drauf*", sagte Kenny.

Das war jetzt doch zu viel für mich. Ich drehte mich
um, ging einige Meter weg und schaute wieder
zurück. Auch Aik kam jetzt hinter mir her. Wir
sahen, wie Kenny langsam sein Bein hob und die
Bombe zwischen seine Füße nahm. Aik und ich
gingen weiter, schauten dabei aber immer nach
hinten zu Kenny. Und der hockte sich dann ganz
langsam hin. Wir waren vielleicht zwanzig Meter
entfernt, da blieben wir stehen und sahen Kenny auf
der Bombe sitzen. Der hob die Hand und winkte uns
zu. Wir taten gar nichts und schauten nur. Was ich in
dem Moment gedacht habe, weiß ich nicht mehr
genau, aber ich glaube, es war die Frage, ob es sich
um Mut oder Dummheit handelte. Dann bückte sich
Kenny zur Seite und hob einen Stein auf.

„*Den hau ich jetzt auf die Spitze!*", rief er uns zu
und hob dabei den Arm hoch, den Stein in seiner
Hand haltend.

Jetzt fingen Aik und ich an zu laufen. Nach einigen
Metern schmissen wir uns in den Sand und hielten
uns die Ohren zu. Denn was jetzt kommen würde,

war klar. Eine riesige Explosion! Aber es tat sich nichts. Hatte Kenny doch nicht zugeschlagen? Wir blickten über unsere Schultern nach hinten, um zu sehen, was mit Kenny los sei. Der rief uns zu:

„Das ist ein Blindgänger! Der explodiert nicht!", und er schlug wieder mit dem Stein auf die Spitze.

Wir standen auf und liefen noch weiter weg. Kenny stieg dann von der Bombe runter, kam zu uns gelaufen und rief:

„Habt ihr gesehen? Ein Blindgänger!"

Uns fiel nichts mehr dazu ein. Wir sagten gar nichts und gingen weiter. Aik und ich waren bedient. Uns ging einiges durch den Kopf. Was hätte wohl alles passieren können? Nach dieser Geschichte gingen wir erst einmal nicht mehr zu den Bunkern. Aber ein Jahr später trieb es uns doch noch einmal dahin.

Bundeswehreinheiten kamen auf die Insel, und ein Gerücht ging im Internat um, dass die Bunker gesprengt werden sollten, damit der „Fremdenverkehr" damit nicht in Berührung kommen sollte. Davon mussten wir uns natürlich selbst ein Bild machen, und so zogen wir wieder los. Als wir die Bunker erreichten, sahen wir, dass die Bunker teilweise von Sand freigelegt waren. Man sah jetzt auch viel mehr von der Anlage. Zwischen den Dünen und den gerodeten Sanddornbüschen waren weitere Bunker freigelegt worden. Und alle waren mit farbigen Kabeln verbunden.

„Die werden bestimmt bald gesprengt", meinte Aik.

„Was haltet ihr davon, wenn wir die noch mal foto-grafieren?", fragte ich.

Das war eine gute Idee. Da hätten wir zu Hause schön was zu erzählen. Wir nahmen uns vor, am kommenden Wochenende wiederzukommen. In den Tagen bis zum nächsten Wochenende hörten wir immer wieder Explosionen, und die Sprengungen begannen. Jetzt wurde es aber höchste Zeit, dass wir dahin kämen, sonst wäre nichts mehr zu sehen. Wir konnten den Samstag kaum erwarten. Ausgestattet mit zwei Fotoapparaten gingen wir los. An der Seenotbeobachtungsstation, von wo aus wir einen guten Überblick über das Pirolatal hatten, konnten wir Soldaten in den Dünen bei den Bunkern sehen.

„Mist", meinte ich, *„was machen wir jetzt?"*

„Wir schleichen uns ran", sagte Kenny.

Wir konnten von hier oben den Dünenweg und die Schneisen, die die Soldaten in die Sanddornbüsche geschnitten hatten, gut überblicken. Wir machten einen Plan, wie wir unentdeckt in die Nähe der Bunker gelangen konnten. Dann gingen wir zum Dünenweg hinunter und bogen wieder ab zwischen die Sanddornbüsche. In geduckter Haltung schlichen wir vorsichtig weiter. Ab und zu blieben wir stehen und lauschten.

„Kommt keiner!", flüsterte Aik.

Also schlichen wir weiter. Plötzlich hörten wir ein Signalhorn. Der Schreck fuhr uns in die Glieder. Die sprengen jetzt, dachte ich, und wie auf Kommando hockten wir uns hin. Da gab es auch schon einen riesigen lauten Knall. Wir legten uns flach auf den Boden, der erzitterte, und wir hielten uns die Hände über den Kopf. Dann raschelte irgendetwas durch die Büsche. Sand und kleine Steinchen rieselten auf uns herab; immer mehr und mehr. Dann war es still. Wir standen auf. Schüttelten die Steinchen von unseren Parkas und hauten ab. So schnell es eben ging, liefen wir zurück. Wir wussten ja nicht, ob noch weitere Sprengungen folgten. Und erwischen lassen wollten wir uns auch nicht. Wir gingen hoch zur Seenotbeobachtungsstation und schauten uns die Bunkeranlage noch einmal an. Rauch stieg noch aus den Dünen empor und verwehte im Pirolatal. Wir machten noch einige Fotos und gingen zurück nach Deernshörn.

Stichlinge

Nach den Osterferien brachten einige Jungen Angeln mit ins Internat. Die meinten, man müsse sich nur bei der Kurverwaltung einen Angelschein besorgen, der übrigens kostenlos sei, und man könne angeln gehen. Ich konnte es kaum glauben, dass es bei den ganzen Verboten erlaubt sei zu angeln. Aber ein Angelverbot gab es tatsächlich nicht. Also holten Aik, Kenny und ich uns einen Angelschein. Wir ließen uns von den anderen Jungen zeigen, was man alles für eine Angel brauchte. Wir besorgten uns Angelschnur, Blei und Haken. Als Schwimmer nahmen wir einen Korken. Das Ganze wickelten wir um einen fingerdicken Ast. Fertig. Was wir angeln wollten, wussten wir. Stichlinge. Die gibt es in den Slooten, die überall auf der dem Watt zugewandten Seite der Insel zu finden sind.

> Sloote sind Gräben von ungefähr einem Meter Breite und Tiefe. Diese Gräben entwässern die Wiesen, und das Wasser wird ins Watt abgeleitet. Die meisten Stichlinge halten sich im Brackwasser auf. Das ist der Bereich, wo Süß- und Salzwasser sich vermischen.

Von Deernshörn aus ging es zum Bahnhof, weiter auf dem Schniederdamm am Flugplatz vorbei und dahinter in die Wiesen die Sloote entlang zum Watt.

Die beste Stelle, um Stichlinge zu fangen, war allerdings ein Entwässerungsgraben, den man nicht mehr als Sloot bezeichnen konnte, da er doppelt so breit und tief war. Hier trafen sich die Angler aus Deernshörn. Zuerst wurden kleine Würmer gesammelt und in Dosen getan. Dann wurde geangelt. Die kleinen Stichlinge ließen sich nicht so leicht überlisten. Um den Angelhaken bildete sich schnell ein kleiner Schwarm. Die Stichlinge fingen an, den Wurm vom Haken zu fressen. Der Schwimmer hüpfte auf dem Wasser auf und ab. Dann wurde es spannend. Je kleiner der Wurm wurde, desto mehr kam der Angelhaken zum Vorschein. In ihrer Fressgier passte dann einer nicht auf, und zack hatte er in den Haken gebissen. Die Angel wurde kurz angezogen und der Stichling hing fest am Haken. Wir zogen den Stichling heraus, legten ihn in die flache Hand und betrachteten ihn. Er zappelte und kitzelte in der Hand und die aufgerichteten Stachel pikten ein wenig.

„*Was wollen wir jetzt mit ihm machen?*", fragte ich.

„*Braten*", kam umgehend die Antwort.

Ich tat ihn erst einmal in ein Wasserglas. Aik suchte schon mal trockene kleine Hölzchen, kratzte das Gras ein wenig beiseite, türmte die Hölzchen auf und zündete sie an.

„*Und wie sollen wir ihn braten? Soll ich ihn aufspießen?*", fragte ich.

„*Genau, wir schneiden ihm den Kopf ab und spießen ihn auf.*"

Also schnitten wir ihm den Kopf ab, steckten ihn auf einen kleinen Ast und hielten ihn über das Feuer. Dabei drehten wir den Ast immer in die Runde, bis der Stichling gleichmäßig braun war. Allerdings schrumpfte er dabei immer weiter zusammen. Um uns herum hatten sich zwischenzeitlich weitere Jungen versammelt und beobachteten gespannt, was wir da machten. Als er gar war, fragte ich, wer denn den Stichling als Erster probieren wolle. Alle zögerten ein wenig.

„*Da ist doch nichts mehr dran*", bemerkte einer.

„*Ich probiere ihn mal*", sagte Kenny.

Kenny nahm den Stock und zupfte mit Daumen und Zeigefinger ein bisschen Haut ab, die er aber gleich wegwarf. Dann zog er einen Stachel raus. Daran hing noch ein wenig Fleisch. Mit spitzen Lippen lutschte er den Stachel ab.

„*Uhhäää!*", machte einer der Jungen.

Und der hatte recht. Man merkte Kenny an, dass ihm das Fleisch nicht schmeckte, aber er schluckte es runter.

„*Geht so*", sagte er.

Aik und ich mussten natürlich auch probieren. Kenny hatte recht; geht so, dachten wir beide. Von da an haben wir keine Stichlinge mehr gebraten. Was wir aber machten, war Wettangeln. Wer am Ende des Tages im Wasserglas die meisten Stichlinge hatte, dessen Gruppe hatte gewonnen. Bevor wir aber nach Deernshörn zurückgingen, warfen wir die Stichlinge wieder in den Sloot zurück. Es waren herrliche Tage, die wir hier am Sloot mit Angeln verbrachten. Wir saßen da, quatschten oder lagen einfach nur im Gras herum. Man konnte von hier aus auch gut den nahe gelegenen Flugplatz sehen und den Flugzeugen beim Starten und Landen zuschauen.

Dann kamen einige Jungen auf die Idee, einen Wettlauf zur Meierei zu machen. Die lag am Ostende Langeoogs und war von Deernshörn ungefähr acht Kilometer entfernt. Unter den Internatsschülern, besser gesagt untern denen aus Deernshörn, gab es immer den Wettstreit, welche Gruppe oder auch Zimmergemeinschaft wohl am schnellsten zur Meierei gehen konnte. Natürlich wollten wir da mitmachen. Der alte Rekord, von wem auch immer aufgestellt, lag bei einer Stunde und 50 Minuten. Für uns war klar, dass wir das locker unterbieten konnten, wenn wir wollten. Aber man wusste nie genau, wie schnell die andern wohl sein werden. An einem Sonntag, nach dem Mittagessen, war es so weit. Die Gruppen starteten nicht gemeinsam, sondern so, wie sie wollten. Wir sind als Erste losgegangen, und unterwegs, in der Nähe der Vogelkolonie, sahen wir eine andere Gruppe hinter uns. Als wir die sahen, spornte uns das noch mehr an, und ab und zu legten wir einen kurzen Zwischensprint ein. Wir erreichten die Meierei nach einer Stunde und 40 Minuten. Neuer Rekord! Wir setzten uns an den Wegesrand und warteten auf die andere Gruppe. Es dauerte lange, bis die ankam.

„Wie lange habt ihr gebraucht?", fragte einer.

„Eine Stunde und 40 Minuten", antworteten wir.

„So ein Mist, wir waren eine Stunde und 45 Minuten unterwegs."

Sie setzten sich zu uns und wir sprachen über den endlos langen Weg, der von der Jugendherberge immer geradeaus zur Meierei führte und niemals zu enden schien. Nachdem wir uns erholt hatten, beschlossen wir, gemeinsam zurückzugehen. Jetzt konnten wir uns die Zeit nehmen, an der Vogelkolonie eine Pause einzulegen und den Silbermöwen beim Brüten zuzusehen. Und da wir schon mal in dieser Ecke Langeoogs waren, kletterten wir auch auf die Melkhorndüne, Langeoogs höchste Erhebung. Unterwegs begegnete uns noch eine andere Gruppe Jungs. Die gingen schnellen Schrittes an uns vorbei, ohne uns großartig zu beachten.

„Machen die auch mit?", fragte einer.

Aber wir wussten das auch nicht. Völlig erschöpft und unheimlich durstig kamen wir in Deernshörn an. Wir gingen auf unsere Zimmer und tranken erst einmal Cola oder Wasser direkt aus dem Wasserhahn. Von den anderen Jungen wurden wir sofort gefragt, wer denn gewonnen habe. Und so erfuhren alle von unserem neuen Rekord von einer Stunde und 40 Minuten. Wir ruhten uns noch ein wenig aus und gingen dann zum Abendessen. An den Tischen sprach man von dem neuen Rekord und dass den wahrscheinlich so schnell keiner mehr unterbieten würde. Unglaublich! Eine Stunde und 30 Minuten. Aik, Kenny und ich sahen uns ungläubig an.

„*Wieso eine Stunde und 30 Minuten?*", fragte Kenny.

„*Weiß ich auch nicht*", erwiderte Aik.

Ich wandte mich an meinen Tischnachbarn und sagte ihm, dass wir eine Stunde und 40 Minuten unterwegs waren.

„*Nein, nein*", sagte der, *Zimmer 17 hat das in einer Stunde und 30 Minuten geschafft. Neuer Rekord!*"

Wir waren sprachlos. Die, die uns an der Melkhorndüne entgegenkamen, waren doch tatsächlich schneller als wir.

„*Kann das denn sein?*", fragte ich.

„*Kann schon sein*", sagte Aik. „*Das müssen wir denen schon glauben.*"

Die Rekordzeiten, die seit eh und je gelaufen wurden, hat man immer auf Treu und Glauben akzeptiert. Auch in diesem Fall war das nicht anders. Wir akzeptierten den neuen Rekord. Was es aber auch noch niemals zuvor gegeben hatte, waren drei Rekorde an einem Tag! Dazu gehörten wir. Und darauf waren wir ein wenig stolz.

Im Verlauf des Sommers verloren wir allmählich die Lust, immer nur am Sloot Stichlinge zu angeln. Wir wollten größere Fische fangen. Wir wussten, dass am Hafen Angler standen, die Stint und Aal angelten. Und das wollten wir auch. Aik und Kenny hatten sich zwischenzeitlich richtige Angeln besorgt. Ich brauchte auch eine, und so schreib ich einen Brief nach Hause mit der Bitte, mir eine zu schicken. Es dauerte nicht lange und in einem Paket bekam ich eine Teleskoprute zugeschickt. Jetzt konnten wir richtig angeln. Am Hafen sprachen wir mit einem der Angler, der uns erklärte, was wir bräuchten und wo man am besten angeln könne. Er erzählte uns, dass wir es mit Grundangeln versuchen sollten. Er zeigte uns seine Angel mit dem Wirbel für das Vorfach, das Senkblei, die entsprechenden Haken und eine Schnur, die einen schwereren Fisch halten müsse. Mit diesem Wissen bauten wir uns unsere Angeln zusammen. Am schwierigsten war es, das Blei zu beschaffen. Da hatte Aik eine gute Idee. Die Dach-fenster von Deernshörn waren ringsherum mit Blei eingefasst. Durch das aufgeklappte Dachfenster der oberen Toilette aus konnten wir durch ein wenig Hin-und-her-Knicken ein bisschen von dem Blei abreißen. Diese Stückchen Blei falteten wir zusam-men und konnten sie ganz gut an der Angelschnur befestigen. Das Befestigen des Bleis haben wir aber immer erst am Hafen gemacht, denn der Heimleiter durfte das Blei nicht sehen, sonst wäre er uns noch auf die Schliche gekommen. So ausgestattet wollten wir es ausprobieren und gingen zum Hafen. Weil wir für uns alleine bleiben wollten, stellten wir uns nicht in die Nähe der andern Angler. Stattdessen gingen wir auf die Hafenmole. Auf der Hafenmole waren nur ab und zu Angler, weil der Weg dorthin am längsten war. Dort angekommen packten wir unsere Angeln aus, machten einen Wurm an den Haken und warfen sie aus. Voller Erwartung hielten wir die Angeln in unseren Händen und warteten auf den ersten Biss.

„Kannst du eigentlich einen Fisch ausnehmen?", fragte ich Kenny.

„Kann ich nicht. Kannst du das, Aik?"

„Habe ich noch nie gemacht."

„Was glaubt ihr, werden wir wohl als Erstes fangen? Einen Aal oder einen Stint?", fragte ich.

„Ist mir egal. Hauptsache wir fangen überhaupt etwas", meinte Aik.

Während unserer Plauderei mussten wir die Angelschnüre immer gut im Auge behalten, da die Strömung das Blei immer weiter über den Grund trieb. Kamen sich die Angelschnüre zu nahe, mussten wir die Angel einholen, damit sich die Schnüre nicht kreuzten. Und wenn das Blei dann in Richtung Mole trieb, mussten wir auch die Angel einholen, damit der Haken sich nicht im felsigen Untergrund festsetzte. Am ersten Tag fingen wir nichts. Und als wir zum zweiten Mal da waren, fingen wir auch nichts. So übten wir uns darin, wer die Angel am weitesten auswerfen konnte. Da meine Teleskoprute die längste war, gewann ich meistens. Kenny und Aik verloren deshalb schnell den Spaß daran. Andere Jungen aus Deernshörn hatten mitbekommen, dass wir jetzt an der Hafenmole angelten. Der eine oder andere kam dann auch zu uns, und mit der Zeit waren wir bis zu zehn Jungen auf der Mole. Da ging es beim Angeln ziemlich eng zu. Es passierte häufiger, dass man beim Auswerfen die Angelschnur eines anderen kreuzte. Der Wind verhedderte dann die Schnüre zu einer „Wolke", wie wir das nannten. Man musste dann gemeinsam die Angeln einholen und die verwickelten Schnüre wieder freikriegen. Obwohl wir nichts fingen, war es hier am Hafen interessanter als am Sloot. Wir winkten den Sommergästen auf den Fährschiffen zu und die winkten zurück. Ab und zu sahen wir auch das neue Fährschiff *Lili Marleen* vorbeifahren.

Irgendwann kam dann einer auf die Idee, die Schnecken, die an den Steinen und Holzpfählen saßen, einzusammeln und diese in einer Dose mit Wasser über einem Feuer zu kochen. Das klappte ganz gut. Das Wasser kochte richtig und die Schnecken sahen recht appetitlich aus. Mit einem Angelhaken holten wir sie aus ihren Schneckenhäusern raus und aßen sie. Die schmeckten gar nicht so schlecht, auch wenn es ab und zu einmal zwischen den Zähnen knirschte, wenn man ein kleines Sandkorn mitgegessen hatte.

Und dann, eines Tages, fing doch jemand etwas.

„Ich hab was dran!", rief einer.

Wir liefen zu ihm hin und schauten über die Mauer nach unten, um zu sehen, was der denn da wohl hochziehen würde.

„Sieht aus wie ein kleiner Aal."

„Ja genau. Das ist ein Aal."

„Sei vorsichtig beim Hochziehen!"

„Hat jemand einen Eimer, damit wir ihn da reintun können?"

„Gleich ist er oben. Vorsichtig!"

Der Aal wurde behutsam auf die Erde gelegt und jemand holte den Haken aus dem Maul raus. Und da lag er, ein Prachtexemplar.

„Der ist bestimmt 40 cm lang. Mess doch mal."

Einer wollte den Aal der Länge nach festhalten, aber das gelang nicht, weil der kräftig zappelte.

„Ich versuche es mal. – Mann, ist der glitschig!"

Der Aal ließ sich nicht so leicht bändigen.

„Was machen wir jetzt mit dem Aal?"

„Braten."

„Aber erst müssen wir ihn töten."

„Wie denn?"

„Ich habe gehört, dass man ihn am Schwanzende festhält, und dann schlägt man ihn kräftig mit dem Kopf auf den Boden."

„Dann mach das mal. Ich würde ihm den Kopf ab-schneiden."

Wie man es auch immer hätte anstellen können, so richtig wollte keiner an den Aal ran, um ihm den Garaus zu machen. Aber irgendeiner schnappte ihn sich doch und meinte, dass er ihn jetzt gegen die Mauer hauen wolle, um ihn wenigstens zu betäuben. Er packte ihn und holte kräftig aus. Dabei glitt ihm der glitschige Aal aus der Hand, und der flog im hohen Bogen, sich wild um sich selbst drehend, über die Mauer. Wir schauten dem Aal hinterher, wie er so „wunderschön" durch die Luft segelte, bis er im Wasser landete und verschwand.

„Was hast du mit meinem Aal gemacht!", schrie eine wütende Stimme. *„Den holst du mir sofort wieder! Verstanden!"*

Wir brachen in schallendes Gelächter und Gejohle aus. Der Aal war seinem Richter entkommen und wir standen wieder mit leeren Händen da.

Sturm

Auch dieser Sommer ging wieder einmal zu Ende. Jetzt, in den Wintermonaten, kamen wieder die Stürme. Aik, Kenny und ich konnten jetzt auch diesem Wetter etwas abgewinnen. Besonderen Spaß hatten wir daran, am Strand vor den hohen Wellen wegzulaufen, wenn diese sich brachen und das Wasser schnell und wild schäumend auf uns zukam. Natürlich wurden dabei regelmäßig die Hosen nass und wir bekamen Wasser in die Gummistiefel, aber das machte uns nichts aus.

Eine der Herausforderungen war, an der „Steilküste", wo die Bunker gestanden hatten, entlangzugehen und sich nicht von den Wellen erwischen zu lassen, die ja bis an die Dünen rankamen. Wenn denn wieder eine Welle kam, musste man schnellstens die Düne hochklettern. Das war schwierig, denn der Sand rutschte unter unseren Füßen weg und man kam kaum von der Stelle. Die Wellen erwischten uns dann oft genug.

Die andere Herausforderung war, die am Strand vor den Dünen von Flinthörn aufgerichtete Spundwand zu umlaufen, ohne dass uns eine Welle erwischte. Die Spundwand – irgendwann wohl als Wellenbrecher aufgestellt – war etwa drei Meter hoch, siebzig Meter lang und ziemlich verrostet. Ziel war es jedenfalls, wenn das Wasser zurücklief, an der Spundwand entlangzulaufen, bevor eine neue Welle kam und gegen die Spundwand klatschte. Bei Sturm musste man sehr schnell rennen, denn die Wellen kamen in rascher Folge. Außerdem konnte man sich nicht hinter der Spundwand in Sicherheit bringen, da die Welle diese ja umspülte. Man musste zusehen, dass man schnellstens zu den Dünen kam. Nachdem wir das ein paarmal gemacht hatten, mussten wir erst einmal wieder unsere Hosen trocknen. Und das ging oben auf den Dünen am besten. Man brauchte sich nur eine Weile in den Wind zu stellen, und die Hose war trocken. Also kletterten wir die Dünen hoch und stellten uns oben auf den Dünenkamm.

„Wer am längsten im Wind hängt!", schrie Kenny. Man musste schon laut schreien, denn der Wind pfiff und das Meer rauschte nur so.

„O. k.!", schrien wir zurück.

Wir öffneten unsere Parkas, hielten sie am unteren Ende der Reisverschlüsse fest und breiteten die Arme auseinander. Der Wind blähte die Parkas wie Segel auf. Aik und ich wurden sofort vom Wind umgeblasen. Kenny hielt sich einigermaßen, fiel dann aber auch um. Die Kunst war es, sich in einem schrägen Winkel gegen den Wind zu stellen, aber so, dass man weder nach vorne fiel noch nach hinten umgeblasen wurde. Was die Sache schwierig machte war, dass der Wind nicht immer gleichmäßig blies.

Ließ er nach, schwankte man nach vorne, kam eine Böe, schwankte man nach hinten.

„*Es klappt!*", schrie ich. „*Juuuhhuuuu!*"

Aik und Kenny fingen ebenfalls an zu jubeln.

„*Ab jetzt gilt's!*", schrie Aik.

Jetzt musste man sich anstrengen! Keiner von uns wollte verlieren. Und so standen wir da. Die Haare flatterten im Wind und die Hosen an den Beinen. Durch den Pullover spürten wir die Kälte auf der Brust. Das machte uns nichts aus und so jubelten wir gegen den Sturm an. Ab und zu blickte ich aus dem Augenwinkel zu den anderen rüber und die zu mir. Dann blies der Wind wieder Sand über die Düne und der stach im Gesicht. Plötzlich ließ der Wind kurz nach. Wir versuchten das Gleichgewicht zu halten. Aik reagierte nicht schnell genug und fiel vornüber. Um nicht der Länge nach die Düne runterzufallen, machte er einen kurzen Sprung nach vorne in den Sand. Kenny hingegen kam in Rückenlage, ließ den Parka los, ruderte mit den Armen und fiel hintenüber. Ich hielt mich noch ein, zwei Sekunden und sprang dann ebenfalls nach vorne die Düne runter.

„*Gewonnen!*", rief ich den andern zu.

Besonders spannend war es auch, nach einem Sturm den Strand nach angeschwemmten Sachen abzusuchen. Voller Erwartung gingen wir dann zum Hundestrand. Oben auf dem Dünenweg blieben wir stehen und schauten schon mal über den Strand, um zu sehen, ob irgendwo etwas Größeres angeschwemmt worden war. Wenn wir etwas sahen, gingen wir zuerst dorthin. Neben Holz, Haufen von Algen und Seetang sahen wir in Richtung Flinthörn so etwas wie eine Tonne liegen. Das wollten wir uns genauer ansehen. Auf dem Weg dorthin gingen wir immer am Flutsaum entlang, da, wo das Wasser die meisten Sachen angeschwemmt hatte. Mit einem Stock, den wir unterwegs aufgesammelt hatten, und mit unseren Gummistiefeln, stöberten wir im Treibgut herum. Es roch schon nach Vermodertem, und wo wir hintraten, stieben Fliegen vom Sand auf. Etwas weiter pickte kreischend eine Schar Möwen in den Algen herum. Einer von uns, in diesem Fall Aik, ging dann nachschauen, für was sich die Möwen da interessierten.

„Hier liegt ein toter Katzenhai!"
Kenny und ich liefen hin und sahen einen etwa halben Meter langen Katzenhai zwischen den Algen liegen. Der hatte sich in einem Stück Fischernetz verfangen und war wahrscheinlich schon im Meer verendet. Die Möwen hatten ihn schon ganz schön zerfleischt. Die Augen waren ausgepickt und am Bauch klaffte ein großes Loch. Wir gingen weiter und fanden auf unserem Weg eine Flasche mit einem Etikett in englischer Sprache, eine Kiste mit matschigen Apfelsinen, einen kleinen Bernstein und, und, und …

„Kommt mal her!", rief ich den anderen zu.

Die kamen angelaufen und ich zeigte auf den Boden. Vor unseren Füßen lagen in einer Plastiktüte wasserdicht verpackt drei Patronen. Ich hob sie auf und wir sahen uns die genauer an.

„Ich glaube, das sind Signalpatronen", sagte ich.
Was für ein Fund! So etwas Tolles hatten wir schon lange nicht mehr gefunden.

„Für jeden eine", sagte Aik.

„Seht ihr die rote Markierung? Das sind bestimmt welche für Seenot", sagte Kenny. *„Was steht denn drauf? Kannste das lesen?"*
Ich putzte über die Plastikverpackung und las vor:

„Leuchtpatrone rot, Kal. 4, Art.-Nr.: ..., beim Abschießen senkrecht ..."
Das war wirklich ein klasse Fund. Ich steckte die Patronen in meine Parkatasche und wir gingen weiter.

An der Tonne angekommen, untersuchten wir die erst einmal. Die war schon ziemlich verrostet, die Schrift konnte man nicht mehr entziffern und der Verschluss fehlte. Trotzdem war in der Tonne nur wenig Wasser und wir konnten sie gut aus dem Sand herausrollen. Wir überlegten, was wir damit anstellen könnten.

„Wir können sie ins Wasser rollen und versuchen mit Steinen abzuwerfen", sagte Aik.
Das war eine gute Idee. Wir rollten sie den Strand runter und hinein ins Wasser. Mit einem langen

Stock gaben wir ihr noch einen Schubs und sie schwamm weiter raus. Wir sammelten ein paar Steine auf und fingen an zu werfen.

„Bong!", der erste Treffer. „Bong!" „Bong!" Treffer zwei und drei. Und dann wurde sie auch schon wieder an den Strand gespült.

„Das ist nicht so gut", sagte Kenny, *„Wir müssen was anderes machen."*

Wir holten die Tonne aus dem Wasser und überlegten.

„Was haltet ihr davon", meinte ich, *„wenn wir die Tonne von den Dünen runterrollen lassen? Bei dem sie am weitesten rollt, hat gewonnen."*

Gesagt, getan. Wir rollten die Tonne die Düne hoch und losten aus, in welcher Reihenfolge begonnen werden sollte. Kenny riss einen Halm vom Strandhafer ab, machte drei unterschiedlich lange Stücke, hielt sie uns verdeckt, in gleicher Länge aus seiner geschlossenen Faust ragend, entgegen. Wir zogen, und in der Reihenfolge lang, mittellang und kurz ging's los. Aik war der Erste. Er legte die Tonne an die Kante der Düne und gab ihr einen kräftigen Tritt. Die Tonne machte einen Satz und rollte die Düne runter. Sie drehte sich plötzlich, verkantete und fing an, sich mehrmals der Länge nach zu überschlagen. Dann lag sie im Sand und rührte sich nicht mehr.

„Das war wohl nichts", lästerte Kenny.

„Ha, ha! Mach's doch besser", erwiderte Aik.

„Mach ich auch."

Wir gingen runter und rollten die Tonne wieder die Düne hoch. Jetzt war ich dran. Einen Tritt gab ich ihr nicht, sondern ich schubste sie mit beiden Händen an, damit sie einigermaßen gerade runterrollen sollte. Das gelang auch. Sie hüpfte über die Buckel runter an den Strand, rollte weiter und blieb schließlich liegen.

„Das kann ich noch besser", sagte Kenny wieder.

„Dann lass mal sehen", erwiderte ich.

Und ein drittes Mal rollten wir die Tonne die Düne hoch. Kenny überlegte ein Augenblick und meinte, dass er sie woanders hinlegen wolle, um eine bessere Ausgangsposition zu haben.

„Nö, nö, das gilt nicht", sagte Aik. *„Du musst das von derselben Stelle machen wie wir."*

„Das haben wir aber vorher nicht ausgemacht", erwiderte Kenny.

Er schnappte sich die Tonne und wollte sie woanders hinrollen. Aik stellte seinen Fuß auf die Tonne und sagte:

„Die bleibt schön hier liegen."

„Bleibt sie nicht! Nimm deinen Fuß da weg!"

Kenny ging auf Aik zu und schubste ihn weg.

„Was soll das?!", sagte Aik und ging auf Kenny zu und schubste ihn ebenfalls.

„Nun bleibt mal locker!", sagte ich.

Aik und Kenny standen sich fast Nasenspitze an Nasenspitze gegenüber und schauten sich wütend an.

„*Dann mach ich eben nicht mehr mit*", sagte Kenny.

„*Genau, dann machst du eben nicht mehr mit.*"
Aik drehte sich zu mir um und sagte:

„*Komm, lass uns runtergehen.*"
Wenn sich Kenny so aufführt, dann soll er doch machen, was er will, dachte ich und ging mit Aik die Düne runter. Wir waren gerade am Strand angekommen, da rief Kenny von der Düne:

„*Vorsicht, die Tonne!*"
Wir drehten uns um und sahen die Tonne auf uns zukommen. Wir hechteten beide zur Seite und die Tonne flog an uns vorbei.

„*Bist du bekloppt!*", rief Aik.
Kenny kam die Düne runter und lief lachend auf uns zu. Als er bei uns war, packte Aik ihn am Hals und nahm ihn in den Schwitzkasten. Beide fielen hin. Kenny unten, Aik oben, aber er hatte ihn immer noch im Schwitzkasten.

„*Gibst du auf?*", schrie Aik.
Kenny sagte nichts; er wand sich nur hin und her. Irgendwie veränderte er seine Stellung so, dass Aik anders zupacken musste. Dabei haute er Kenny mit dem Ellenbogen vors Auge. Der schrie auf und machte keine Anstalten mehr weiterzukämpfen. Er hielt seine Hand vors Auge und schrie:

„*Taschentuch, ich brauche 'n Taschentuch!*"
Er fingerte in den Taschen seines Parkas rum, holte ein Taschentuch raus und hielt es sich vor sein Auge.

„*Lass mal sehen*", sagte ich und wollte ihm seine Hand vom Auge wegnehmen.

Er drehte sich abrupt weg und in gebückter Haltung fluchte er vor sich hin.

„*Nun lass mal sehen*", sagte Aik.

Kenny richtete sich wieder auf und nahm das Taschentuch weg. Das hatten wir auch noch nicht gesehen! Das Auge war zur Hälfte zugeschwollen und rundherum grün und blau!

„*Du hast ein Veilchen*", sagte ich.

„*Oh nein, das darf ja wohl nicht war sein!*", schrie Kenny.

Aik tat es leid.

„*'tschuldigung!*", sagte er.

„*Man ‚bittet' um Entschuldigung!*", erwiderte Kenny. „*Und ob ich die annehme, überlege ich mir noch.*"

Wir setzten uns in den Sand und warteten, bis es Kenny wieder besser ging.

„*Wenn euch einer zu dem Veilchen fragt, dann sagt ihr nichts. Mir wird schon etwas Passendes dazu einfallen*", sagte Kenny.

Er wollte nicht, dass andere wüssten, dass er den Kampf ‚verloren' hatte. Das wäre ja eine Schande gewesen. Und so konnte er immer noch behaupten, dass der andere viel schlimmer ausgesehen hätte. Die beiden vertrugen sich wieder, und Aik sagte:

„*Sieh mal dahinten, die Tonne. Ich glaube, du hast gewonnen.*"

Kenny verzog nur seine Mundwinkel, sagte gar nichts und dachte wohl bei sich, dass er ohne Veilchen auch gewonnen hätte.

Wir standen auf und machten uns wieder auf den Heimweg. Unterwegs trafen wir auf andere Jungen aus Deernshörn. Die waren dabei, Holz zu sammeln und auf einen großen Haufen aufzustapeln.

„Was macht ihr denn da?", fragten wir.

„Wir sammeln Holz fürs Biikebrennen", erwiderten sie.

„Wann soll das denn sein?"

„Nächste Woche Mittwoch nach dem Abendessen. Wir sollen dann alle gemeinsam hierhingehen."

Davon hatten wir noch gar nichts gehört.

„Ist das freiwillig oder müssen wir alle hin?", fragten wir.

„Wir müssen alle hin. Das wird noch bekannt gegeben."

Das fanden wir gar nicht gut, dass man über unsere Freizeit verfügte. Aber Anweisung ist Anweisung.

Das Biikebrennen hatte ich erst hier auf Langeoog kennengelernt. Der Ursprung ist wohl in heidnischer Zeit zu suchen. Mit den Feuern sollten wohl die bösen Geister vertrieben werden. Eine andere, modernere Version besagt, dass auf den Inseln mit den Biikefeuern die Walfänger verabschiedet wurden.

In Deernshörn angekommen gab ich Aik und Kenny je eine Leuchtpatrone, die wir gut in unseren Schränken versteckten. Da meinte Kenny auf einmal:

„Sagt mal, hat einer von euch noch Chinaböller?"

„Ja, wieso?", fragte ich gespannt.

Auch Aik guckte Kenny fragend an.

„Das erzähle ich euch heute Abend. Ich muss erst noch mal drüber nachdenken."

Was der wohl wieder vorhat?, dachte ich. Es war zwar verboten, Silversterknaller mit ins Internat zu bringen, aber das machte fast jeder. Und ich glaube, dass die Heimleiter das auch ahnten. Man durfte sich eben nicht erwischen lassen. Als wir abends auf unserem Zimmer zusammensaßen, rückte Kenny mit seiner Idee heraus.

„Was haltet ihr davon, wenn wir das Bükebrennen ein wenig interessanter gestalten? Wir könnten ja Maßnahmen ergreifen, die zu einer kleinen Überraschung führen."

„Was meinst du?", fragte ich.

„Wir könnten doch mit unseren Chinaböllern das Bükefeuer zu einer ,explosiven' Variante werden lassen."

Aik und ich waren wie elektrisiert.

„Red weiter, Kenny!"

„Wenn wir die Chinaböller in Plastiktüten tun und die dann im Innern des Holzstapels befestigen, dann wird es wohl, wenn das Feuer richtig brennt, eine ,kleine Überraschung' geben."

Aik und ich waren begeistert. Das war nicht nur eine brillante Idee. Das war die beste Idee seit langem! Und es war eine explosive Idee!

„Wie wollen wir das machen?", fragte Aik.

„Wir müssen uns ein paar Tage vorher, wenn der Stapel richtig groß ist, in den Dünen auf die Lauer legen. Wenn dann keiner mehr da ist, befestigen wir die Tüten."

So wurde es gemacht. Von *Klein Moskau* aus schlichen wir uns Tag für Tag in die Dünen und beobachteten, wie der Holzstapel immer größer wurde. Die letzten Tage vor dem Biikebrennen ließ man den Stapel so, wie er war, da stehen, damit der Wind das Holz trocknete. Am Tag vor dem Biikebrennen war unsere Zeit gekommen. Nach dem Abendessen gingen wir, von den Dünen aus kommend, zu dem Holzstapel, nahmen einige Bretter beiseite und befestigten mit Klebeband die Tüten mit den China-böllern im Inneren des Stapels. Am nächsten Tag gingen dann die Jungen aus Deernshörn und den anderen Heimen geschlossen mit den Lehrern nach dem Abendessen an den Strand zum Holzstapel. Ausgerechnet an dem Abend war das Wetter nicht so gut. Es wehte eine steife Brise und es nieselte ein wenig. Die Begeisterung hielt sich bei den meisten in Grenzen. Aik, Kenny und ich aber waren gut drauf. Wir versammelten uns um den Holzstapel, und ein Lehrer sowie einige Jungen versuchten mit Streich-hölzern das mitgebrachte Papier anzuzünden. Auf-grund des starken Windes gelang das nur sehr schwer. Aus dem Holzstapel kam Qualm, aber keine Flammen. Unsere Hoffnung schwand dahin. Wenn die das Feuer nicht ankriegen, hätten wir keinen Spaß, und ob die Chinaböller anschließend noch zu gebrauchen wären, war auch fraglich. Aber es wurde weiter versucht. Man hörte schon deutlich, wie der eine oder andere rumnörgelte, und die, die das Feuer anzünden wollten, fluchten vor sich hin. Dann rief jemand, dass das kein gutes Zeichen wäre, wenn man das Feuer nicht anbekäme.

„Wie recht der doch hat", sagte Aik.

Aber sie bekamen das Feuer doch noch an. Es brannte aber nur an einer Seite, und so richtig wollte der Holzstapel nicht anfangen zu brennen. Dann gab es den erhofften Knall – und es folgten gleich noch weitere. Das Feuer war wieder aus und der Holzstapel qualmte vor sich hin.

„Wer war das? Wer hat da was reingeworfen?", schrie einer der Lehrer.

Er packte den Jungen neben sich am Arm und schrie ihn an:

„Hast du gesehen, wer da was reingeworfen hat?"

Der Lehrer lief herum, fuchtelte mit den Armen und stellte die ganze Veranstaltung infrage.

„Noch mal probieren!", rief Aik.

Einige zündelten wieder am Holzstapel herum und brachten ihn wieder zum Brennen.

„Waren das alle Böller?", flüsterte ich.

„Ich glaube, da sind noch welche drin", flüsterte Kenny zurück.

Aik nickte zustimmend.

Das Biikefeuer brannte jetzt vollständig. Die Flammen züngelten in die Luft und der steife Wind entfachte es immer mehr. Wir warteten gespannt darauf, wann wohl die nächste Explosion folgen würde. Und die kam dann, besser, als wir es erwartet hatten. In schneller Folge machte es *„Bumm!, Bumm!"*. Die um das Feuer herumstehenden Jungen und Mädchen zuckten zusammen und machten gleichzeitig einen Schritt rückwärts, sodass sich der „Zuschauerkreis" in einer Wellenbewegung konzentrisch vom Feuer wegbewegte. Ein brennendes Brett fiel der Länge nach um und lag dann rot glühend neben dem Feuer im Sand. Die Funken stieben in die Luft. Wir waren begeistert!

„Ich will jetzt verdammt noch mal wissen, wer da immer was reinschmeißt!!!", schrie der Lehrer wieder und schritt dabei die Reihe der umstehenden Jungen und Mädchen ab.

„Das waren alle", sagte Aik.

„Ja, das war's", stimmten Kenny und ich ihm zu.

Wir schauten uns um und hatten das Gefühl, dass alle an dieser Art Biikebrennen ihren Spaß hatten!

In den darauffolgenden Tagen wurde noch häufig über das „explosive" Biikebrennen gesprochen. Die einen meinten, was nicht alles hätte passieren können, andere wiederum fanden das eine tolle Sache. Der Lehrer, der immer wissen wollte, wer denn da was reingeschmissen hatte, verlangte sogar eine Untersuchung des verkohlten Holzstapels! Die gab es aber nicht. Wahrscheinlich hätte man sowieso nichts gefunden. Und alle rätselten, wer wohl für die Explosionen verantwortlich war. Wir behielten die Sache natürlich für uns.

Jedenfalls fand in den folgenden Jahren kein Biikebrennen mehr statt. Es hieß, man wolle den Holzstapel nicht ständig bewachen. Und Kontrollen nach Silvesterknallern wurden nach Ende der Weihnachtsferien auch regelmäßig durchgeführt.

Ausgangssperre

Der Winter neigte sich dem Ende entgegen und es wurde allmählich Frühling. An einem dieser ersten warmen Frühlingstage sagte unser Werklehrer, dass er den Werkunterricht draußen auf der Düne neben dem Schulhof abhalten wolle. Wir sollten uns unsere Specksteine aus unserem Fach nehmen, Schleifleinen und Feilen mitnehmen und uns einen Platz auf der Düne suchen. Das war eine gute Idee, denn draußen in der Sonne machte der Unterricht natürlich viel mehr Spaß als in der Werkstatt, die sich im Untergeschoss der Schule befand. Aik und ich suchten uns einen geeigneten Platz auf der Düne und betrachteten unsere Specksteine, die, wenn sei einmal fertig wären, als Briefbeschwerer dienen sollten.

„Was machst du eigentlich aus deinem Speckstein?", fragte ich.

„Das soll eigentlich ein Schiff werden. Aber wie ich das genau machen soll, weiß ich noch nicht so richtig."

„Weißt du", sagte ich, *„du brauchst doch nur alles wegfeilen, was nicht nach Schiff aussieht. Und schon ist es fertig."*

„Ha, ha! Und was machst du aus deinem Speckstein?"
Ich gab Aik meinen Speckstein und fragte ihn, ob er schon etwas erkennen könne. Aik nahm den Speckstein in seine Hand, drehte ihn hin und her, warf ihn mehrmals ein bisschen hoch und betrachtete ihn

eingehend dabei. Zwischenzeitlich hatte sich auch Kenny zu uns gesellt. Er fragte Aik, was er denn da in der Hand habe.

„Ich soll erraten, was das wohl sein kann."

„Und was ist das?", fragte Kenny.

Aik wandte sich mir zu und meinte:

„Meiner Meinung nach ähnelt das – vielleicht – ein wenig ‚Ayers Rock'."

Mit dieser Antwort hatte ich überhaupt nicht gerechnet.

„Entschuldige mal, aber das wird eine Miesmuschel!"

„Eine Miesmuschel?", entgegnete Aik. *„Dann geh mal zum Hafen und schau dir Miesmuscheln an. Wenn überhaupt, könnte das einmal eine Auster werden."*

Da fiel es mir wie Schuppen von den Augen. Er hatte recht. In der Absicht, eine Miesmuschel zu machen, war ich geradewegs dabei, eine große Auster aus meinem Speckstein herauszuarbeiten. Wie kann denn so etwas passieren?, dachte ich. Um jetzt aber schnell das Thema zu wechseln, fragte ich Kenny, was er denn anfertigen wolle. Voller Stolz zeigte er uns seinen Speckstein – einen Würfel. Der hatte zwar noch keine „Augen", aber er war schon fast fertig.

„Klasse, wa?!", sagte Kenny. *„Heute werde ich ihn noch ein wenig verfeinern; dann kommen die ‚Augen' drauf und fertig ist er. Und weil ich dann nichts mehr zu tun habe, kann ich euch im nächsten Werkunterricht schön über die Schultern sehen."*

Aik und ich sahen uns an und dachten wohl dasselbe. Kenny hatte mit dem geringsten Aufwand das Ziel erreicht. Wir zuckten nur mit den Schultern und machten uns an unseren Specksteinen zu schaffen.

Nach einer Weile fragte Aik in gedämpftem Ton, was wir denn mit unseren Signalpatronen machen wollten.

„Ich nehme die mit nach Hause", sagte ich.

„Ich auch", sagte Kenny.

„Ich dachte", sagte Aik, *„wir könnten ja meine nehmen und die in die Luft schießen. Was haltet ihr davon?"* Ich wollte jetzt nicht schon wieder mahnen und sagte deshalb erst einmal nichts dazu.

„Super!", sagte Kenny. *„Da habe ich auch schon dran gedacht. Aber ich wollte meine nicht opfern. Und wie willst du das machen?"*

„Wir suchen uns am Strand eine Eisenstange, und an einem Draht hängen wir die Signalpatrone in ein Feuer. Die müsste dann eigentlich zünden."

„Und wo willst du das machen?"

„In den Dünen bei Flinthörn."

Ich dachte bei mir, wenn wir so weitermachen, werden wir irgendwann einmal erwischt und fliegen vom Internat. Trotzdem hatte diese Idee ihren Reiz.

An einem Wochenende zogen wir drei wieder los. Die Signalpatrone und Draht in der Tasche gingen wir zum Strand, um eine Eisenstange zu suchen. Wir fanden etwas Ähnliches und gingen bei Flinthörn in die Dünen. In einer Senke, in der wir unbeobachtet ein Feuer machen konnten, steckte Aik die Stange in den Sand und band die Signalpatrone daran. Ich suchte kleine und etwas größere trockene Äste vom Sanddorn und Kenny buddelte ein kleines Loch in den Sand. Bevor wir das Feuer ansteckten, schauten wir uns noch einmal um, ob auch keiner in der Nähe wäre.

„Ich habe den Draht so gebogen", sagte Aik, *„dass wir die Signalpatrone erst dann reinhängen brauchen, wenn das Feuer richtig brennt. Wenn die schon vorher drin ist, könnte die hochgehen, wenn wir noch mit dem Feuer beschäftigt sind. Außerdem können wir, bevor wir sie reinhängen, noch mal nachsehen, ob die Luft auch wirklich rein ist."*

Wir sahen uns noch einmal um. Niemand war zu sehen. Wir legten noch mehr Äste aufs Feuer und entfachten es richtig.

„Es ist so weit", sagte Kenny.

Wie schauten uns noch einmal um. Niemand war zu sehen. Aik steckte die Signalpatrone in den Draht. Sie hing gut im Feuer.

„Los, lasst uns abhauen", sagte ich.

Und in geduckter Haltung entfernten wir uns zur Sicherheit etwa hundert Meter. Wir sahen das Feuer, das nur ein wenig qualmte.

„Wie lange mag das dauern, bis die hochgeht?", fragte ich.

„Keine Ahnung. Hoffentlich schnell", sagte Aik.

Mein Herz schlug mir wieder bis in den Hals. Wir schauten uns wieder um. Niemand war zu sehen.

„*Mann, das dauert!*", sagte ich.

Dann gab es einen Knall und die rote Kugel stieg in den Himmel, machte einen Bogen und fiel brennend zurück mitten in die Dünen. Sie zerbarst in kleine Einzelteile und ein Teil der Düne fing Feuer.

„*Scheiße, die Düne brennt!*", rief ich.

„*Los, hin!*", rief Kenny. „*Wir müssen das Feuer löschen!*"

So schnell wir konnten, liefen wir zu der brennenden Düne und versuchten mit den Füßen das Feuer auszutreten. Das zeigte aber keine große Wirkung. Aik zog seinen Parka aus und schlug damit auf das Feuer ein. Wir zogen ebenfalls unsere Parkas aus und schlugen, was das Zeug hielt. Das Feuer ging aus, aber die Düne dampfte noch heftig. Wir warfen Sand auf die dampfenden Stellen, bis nach ein paar Minuten alles gelöscht war. Wir standen da und guckten uns und unsere Parkas an.

„*Mann, war das knapp!*", sagte Kenny.

„*Das kannste laut sagen!*", erwiderte ich.

„*Jetzt guck dir mal meinen Parka an!*", sagte Aik. „*Den kannste wegwerfen.*"

Wir schauten uns wieder um, ob jemand in der Nähe wäre. Aber es war niemand zu sehen.

Das ist ja noch einmal gut gegangen, dachte ich, und zu Hause hätten wir wieder was Tolles zu erzählen.

„Kommt, lasst uns zurückgehen und die Parkas sauber machen", sagte Aik.

Als wir uns gerade auf den Weg machen wollten, sahen wir bei *Klein Moskau* jemanden in schneller Fahrt auf dem Fahrrad die Straße am Wald entlang in unsere Richtung fahren. Wir duckten uns und warteten ab, wohin der wohl fahren würde. Er hielt an und ging in einen Schrebergarten. Wir blieben erst einmal sitzen, um weiter abzuwarten. Dann flüsterte Kenny plötzlich:

„Dahinten kommen noch zwei!"

„Wo denn?", fragte ich.

„Dahinten", sagte Kenny und zeigte in Richtung Hafen.

Die beiden, die da angeradelt kamen, waren auch nicht gerade langsam unterwegs. Wir behielten die zwei genauestens im Auge, bis ich auf einmal sah, wie der eine aus dem Schrebergarten kam und sich durch die Sanddornbüsche in unserer Richtung bewegte. Ich wollte das gerade Aik und Kenny sagen, als Aik plötzlich flüsterte:

„Die beiden haben angehalten!"

Jetzt wurde es ernst, sehr ernst! Zwischen uns und den dreien waren nur noch die Schrebergärten, die Sanddornbüsche und einige flache Dünen.

„Was machen wir jetzt? Los, lasst euch was einfallen!"

„Zum Stand laufen?"

„Nein!!! Vielleicht sind da auch schon welche!"

„Vielleicht wollen die nur die Dünen hoch, um nach-zusehen, wer geschossen hat."

Wir legten uns so flach es ging in den Sand und behielten den einen im Auge. Tatsächlich ging der an uns vorbei die Dünen hoch. Die anderen beiden kamen jetzt aber von unten zu uns hoch.

„Wir müssen hier weg! Wenn die das Feuer entdecken und unsere Spuren sehen!"

Scheiße ja, die Spuren, dachte ich.

„Was ist mit unserem Versteck im Sanddornbusch?"

„Der ist doch bestimmt schon wieder zugewachsen."

„Hier liegen bleiben können wir nicht. Also lass uns dahin gehen!"

Wir robbten, so flach es ging, in Richtung Sanddorn. Dabei behielten wir die drei immer gut im Auge. Als wir beim Sanddorn ankamen, hatten wir wieder ein bisschen mehr Deckung.

„Wo ist denn der Busch?", flüsterte Aik.

„War der nicht ein bisschen weiter da vorne?", flüsterte ich.

„Ich glaube, ich weiß, wo er ist."

Aik krabbelte auf allen vieren voraus, wir beide hinterher. Das Gras bei den Sanddornbüschen hinterließ nicht mehr so viele Spuren wie im Sand, aber der dornige Untergrund machte unseren Händen ziemlich zu schaffen. Es stach überall. Es half aber nichts, wir mussten weiter! Dann hörten wir, wie der eine, auf der Düne stehend, etwas rief. Die andern beide riefen zurück.

„*Meinen die uns?*", flüsterte ich.

Aik sagte nichts und krabbelte weiter.

„*Hier ist er!*", flüsterte Aik.

Er hatte recht. Das war unser Busch. Wir bogen einige Zweige an die Seite und fanden auch den Eingang. Er war schon wieder ziemlich zugewachsen, denn wir waren ja schon eine ganze Zeit nicht mehr hier gewesen. Aik quetschte sich einigermaßen vorsichtig in den Busch hinein. Er ächzte und stöhnte, nicht weil ihn die Kraft verließ, nein, es waren die Stacheln vom Sanddorn, die ihm weh taten. Kenny und mir erging es nicht anders. Die Zweige zerkratzten uns das Gesicht, die Hände, die Unterarme und die Knie. Hinter mir achtete Kenny darauf, dass sich die Zweige wieder schlossen. Dann waren wir drin. So viel Platz wie früher hatten wir jetzt nicht mehr, aber es reichte aus, um auf allen vieren da zu hocken.

„*Kannst du was sehen?*", flüsterte Aik.

„*Nein*", flüsterte Kenny zurück.

Also warteten wir ab und lauschten aus dem Busch hinaus, ob man etwas von den Männern da draußen hören könnte. Erst hörten wir nichts, dann ab und zu ein Rufen. Plötzlich sträubten sich mir die Nackenhaare und ein Schauer lief mir über den Rücken. Ganz in unserer Nähe sagte jemand, dass die hier irgendwo stecken müssten! Wir legten uns vorsichtig, wirklich ganz, ganz vorsichtig und geräuschlos auf den Bauch, zogen uns die Kapuze vom Parka über den Kopf und steckten die Hände in die Erde, damit von uns so gut wie nichts mehr zu sehen sein sollte. Wir versuchten so leise und flach wie möglich zu atmen. Das war gar nicht so einfach, weil das Herz raste. Wir hörten die Männerstimmen, die immer wieder sagten, dass die hier irgendwo stecken müssten oder dass die uns „grön un blau" hauen wollten. Dann stand einer vor unserem Busch und haute mit einem Stock herum, ging weg, und dann stand der Nächste da. Das waren zähe Burschen. Und so lagen wir da; wie lange, weiß ich nicht mehr. Uns war saukalt! Irgendwann hörten wir keine Stimmen mehr. Trotzdem blieben wir liegen. Hätte ja sein können, dass die da noch irgendwo rumstehen. Es dämmerte bereits, als Aik fragte, ob wir abhauen wollten.

„Nein!!!", sagte ich, *„ist noch zu gefährlich!!!"*
Also blieben wir noch eine Weile liegen. Aik und Kenny kannten mich ganz gut. Ich war von uns dreien nicht der Draufgänger, eher der vorsichtige Typ. Und wenn ich meinte, dass wir noch liegen bleiben sollten, war das bestimmt das Beste. Dann hörten wir das Nebelhorn vom Hafen. Das war gut, denn in der Dämmerung mit Nebel ließ sich gut wegschleichen.

„Ich glaube, wir können", sagte ich.
Als ich mich erhob, tat mir alles weh und in den Gelenken knackte es. Vorsichtig krochen wir aus dem Busch hinaus. Wir schauten uns um. Es war niemand zu sehen. Wir schlichen los und unentdeckt

kamen wir wieder in Deernshörn an. Es war bereits kurz vor sieben! Das Abendessen war schon vorbei.

„Was sagen wir dem Heimleiter?", fragte ich.

„Wir haben uns verlaufen, gestritten und geprügelt! O. k.?"

„O. k."

„O. k."

Wir gingen rein und brachten unsere Stiefel in den Keller. Als wir hochkamen, stand der Heimleiter bereits auf der Treppe. Er fragte, was uns denn eingefallen sei und wie wir überhaupt aussehen würden, aber eine Antwort hatte er sowieso nicht erwartet.

„Eine Woche Ausgangssperre! Ab morgen! Und in 10 Minuten seid ihr gewaschen in meinem Büro!", giftete er uns an.

Wir erzählten ihm unsere Version, die er natürlich nicht glaubte und gab uns, weil wir von unserer Version nicht abrückten, auch noch eine Woche Fernsehverbot. Uns war das egal, denn es hätte ja alles noch viel schlimmer kommen können. Im Übrigen wollten wir auch nicht mit unseren zerkratzten Händen und Gesichtern in den Ort gehen. Vielleicht hätte sich da doch einer etwas zusammengereimt und uns mit der Signalkugel in Zusammenhang gebracht – Spuren von drei Leuten, drei zerschundene Schüler vom Internat, mal eben beim Schulleiter angerufen, und die sind auch nicht zum Abendessen erschienen, und so weiter!

Für uns drei – das stand fest – war das jedenfalls die letzte große Aktion gewesen! Zukünftig wollten wir es etwas ruhiger angehen lassen. Aber dann kam ja schon wieder der nächste Sommer …

Epilog

Von den vielen Erinnerungen – von denen ich hier nur einige niedergeschrieben habe – sind mir diese die liebsten und wichtigsten. Ich habe in den Jahren, die ich auf Langeoog verbrachte, die Insel auf meine Art kennen und lieben gelernt. Vieles hätte ich noch erzählen können, wie wir beispielsweise eine Nachtwanderung am Strand entlang machten, um das Meeresleuchten zu beobachten, oder über die Schulausflüge nach Helgoland oder über die schwere Sturmflut, die bei Flinthörn die Randdünen über mehrere hundert Meter weggerissen hatte, und wir Internatsschüler gemeinsam mit den Langeoogern halfen Sandsäcke zu füllen, oder über die Dienste, die wir leisten mussten, wie beispielsweise Kellerdienst, Außendienst, Brötchendienst etc., oder auch über die ersten zarten Bande, die wir mit unseren Klassenkameradinnen knüpften und uns in den Dünen näher kamen.

Aber über ein kurzes Erlebnis möchte ich doch noch schreiben.

Im Internat erzählte man sich, dass im Kino ein super Film laufen würde, und den müsse man sich unbedingt ansehen. So ging ich mit einigen anderen zum Kino und wir schauten uns das Filmplakat an.
„Ob der wirklich so gut ist?"

„Keine Ahnung. Lass uns reingehen!"

Als wir aus dem Kino kamen, hatte sich irgendetwas in uns verändert. Wir wussten, wenn wir mal wieder an den Hundestrand gehen würden, um dort zu baden, dann wäre etwas anders. Wir würden nicht mehr so arglos ins Wasser laufen, sondern wir würden erst einmal das Meer absuchen, ob nicht irgendetwas da rumschwämme, was uns gefährlich werden könnte!

„Pah, der war ganz schön spannend, was?"

„Ich geh nie mehr ins Wasser!"

„Unglaublich, was so ein weißer Hai anrichten kann!"

Und Aik? Und Kenny? Die beiden hatten bereits vor einem Jahr die Internats-Realschule verlassen. Das letzte Mal sahen wir uns seinerzeit zu Beginn der Sommerferien in Bensersiel, wo sich unsere Wege trennten und wir uns voneinander verabschiedeten. Wir reichten uns die Hände, umarmten uns und klopften uns auf die Schulter. Ich sagte den beiden, dass sie die Ohren steifhalten sollten. Als wir uns noch einmal umdrehten, um uns ein letztes Mal zuzuwinken, hatte ich die Hoffnung, dass wir uns irgendwann vielleicht einmal wiedersehen werden …

Danksagung

Mein besonderer Dank gilt den Erstlesern Denise, Heike, Yannic und Birgit Schalk, deren Meinungen und Ansichten zu diesem Buch sehr hilfreich waren.

Anhang:
Die Heimordnung von 1961

MITTELSCHULE LANGEOOG
Staatlich anerkannt

Heimordnung

Nordseeheilbad
Langeoog
(Insel)

Der Tagesablauf

Morgens wird früh genug geweckt. Steht schnell auf, bringe Dich und Deinen Platz in Ordnung und setze Dich an den Frühstückstisch!
Bei den Mahlzeiten, die gemeinsam eingenommen werden, verhalte Dich so, dass Du auf die Gemeinschaft Rücksicht nimmst, wo immer Du kannst, und dem guten Ruf Deiner Erziehung nicht schadest!

Nach dem Mittagessen bekommst Du eine gewisse Zeit zugebilligt, damit sich Dein Geist und Dein voller Magen erholen können. Geh zum Strand, tummle Dich oder wandere dort! Wenn es aber zu sehr regnet, dann verhalte Dich im Heim so, daß Du in taktvoller Weise Rücksicht nimmst, auch auf Deine Kameraden, die Bettruhe verordnet bekommen haben.

Die Arbeitsstunde am Nachmittag ist nicht zum Ausschlafen oder Erzählen bestimmt. Arbeite schnell und laß alle Nebenbeschäftigungen! Frage Deinen Heimerzieher, wenn Du eine Aufgabe nicht verstanden hast! Er gibt Dir Rat und Hilfe!

Willst Du das Heim verlassen, so bitte Deinen Heimerzieher oder die Heimeltern um Erlaubnis! Du musst dabei das Ziel und die Dauer Deines Ganges mitteilen; denn wir müssen immer wissen, wo Du Dich aufhältst.

Nach dem Abendessen lege alles für den kommenden Tag zurecht, wasche Dich und lege Dich schlafen! Du hast den ganzen Tag zu tun gehabt und hast die Ruhe nötig. Aber die anderen im Heim haben auch die Ruhe nötig!

Allgemeines

Durch Vertrauen, Hilfsbereitschaft und Rücksichtnahme wird das Gemeinschaftsleben gestaltet; durch Ordnung, Sauberkeit und vor allem Ehrlichkeit wird das Gemeinschaftsleben erleichtert. Das gilt aber nicht nur für die anderen, sondern ganz besonders für Dich!

Sei überall, wo Du bist, nicht so übermäßig laut, sondern bescheiden und zurückhaltend. Von Deinem Verhalten hängt so vieles für Dich, für das Heim, für die Schule und Deine Eltern ab.

Sei Fremden gegenüber höflich und zurückhaltend! Du kannst einem Unbekannten nicht ins Herz sehen und weißt nicht, was er mit Dir vorhat.

Zur Ordnung gehört, daß Du die Zeiten für das Aufstehen, für den Gang in die Schule, für den Beginn der Mahlzeiten, für den Beginn der Arbeitsstunde und für das Zubettgehen genau einhältst. Diese Zeiten findest Du im Heim aufgeschrieben.

Zeige Deinen Wert für die Gemeinschaft, indem Du einen „Posten" für die Gemeinschaft freiwillig übernimmst. Du kannst dabei nur lernen – auch beim Tischdecken und Abtrocknen – und die Heimgemeinschaft wird dadurch fester. Daß bei der Verteilung der Posten alles gerecht zugeht, dafür sorgt der Heimerzieher.

Halte Dich und Deine Wäsche sauber! Die Heimeltern und Heimerzieher sagen Dir, wann Du die Leib-

und Bettwäsche wechseln, in die Wäscherei bringen oder nach Hause schicken mußt.

Wenn Du noch Billy Jenkins oder ähnliche Bücher hast, dann gib sie Deinem Heimerzieher zur Vernichtung! Es ist besser, daß diese Bücher verbrannt werden, als daß Du Billy Jenkins nachmachst und dadurch Dein Leben und das anderer gefährdest. Entleihe Dir dafür aus der Schulbibliothek wertvolle und spannende Bücher! Illustrierte wollen wir im Heim nicht sehen, darum darfst Du sie auch nicht abonnieren.

Lass Dein Rundfunkgerät zu Hause, auch den Tauchsieder oder andere elektrische Geräte. Du brauchst sie nicht.

Deine Eltern oder Verwandte bezahlen für Dich, daß Du im Heim essen und wohnen kannst. Wenn Du aber etwas mutwillig oder durch Ungeschicklichkeit zerstörst, müssen Deine Eltern oder Verwandte den Schaden ersetzen. Denke daran.

Dein Taschengeld (20,- DM) für die laufenden Ausgaben (Bücher, Hefte, Haarschneiden usw.) wird vom Heimerzieher verwaltet und mit Deinen Eltern abgerechnet. Überlege Dir die Ausgaben so, dass Du Dir nur an einem bestimmten Tag das Geld vom Heimerzieher ausbittest. Neben Deinem Taschengeld darfst Du kein Geld besitzen. Lass Dir auch nichts heimlich schicken! Lerne lieber einteilen und gelegentlich auch einmal verzichten! Geld für einmalige größere Ausgaben, z. B. für Wanderfahrten, Fahrtgeld für die Heimfahrt oder für besondere Anschaffungen, schicken Deine Eltern an den Heimerzieher; von ihm erhältst Du es bei Bedarf ausgehändigt.

Am Sonntag gehe in den Gottesdienst! In der Kirche oder in der Kapelle erlebst Du die Gemeinschaft der Gläubigen. Wer mit Gott recht steht, wird auch in der Gemeinschaft und mit sich selbst recht stehen. Wenn Du hier auf Deine Konfirmation vorbereitet werden sollst, hast Du regelmäßig den Vorkonfirmanden- und Konfirmationsunterricht zu besuchen. Dann erhältst Du auch vom Pfarrer die notwendige Bescheinigung für den Pastor in deinem Heimatort.

Die Pflanzen und die wenigen Tiere der Insel sind Geschöpfe Gottes, genau so wie Du. Denke daran, wenn Du die Hand ausstreckst, um ohne Zweck eine Pflanze auszureißen!

Außer auf den Übergangswegen hast Du auf den Dünen nichts zu suchen! Die Dünen schützen die Insel und somit auch Dich. Wenn Du wegen Dünenbeschädigung angezeigt wirst, kannst Du von der

Inselgemeinde Langeoog von der Insel verwiesen werden.

Wenn Du baden willst, gehst Du an den Kinderstrand. Du darfst nur unter Aufsicht der Badewärter baden und mußt ihren Anordnungen sogleich folgen. Wenn der Badewärter nicht am Strand ist, ist die Badeflagge nicht aufgezogen. Dann darfst Du nicht baden! Tust Du es trotzdem, dann mußt Du Deine Koffer packen; denn für einen jungen Menschen, der mit seinem Leben spielt, übernimmt die Schule keine Verantwortung.

Rauchen darfst Du, wenn Du erwachsen bist und Dir das Nikotin keinen so großen Schaden zufügen kann wie in der Entwicklung. Solange Du aber noch etwas mit der Schule zu tun hast, darfst du nicht rauchen, weder im Heim noch im Dorf und auch nicht während der Fahrt!

Ins Kino gehen darfst Du auch, und zwar nachmittags, aber nur dann, wenn der Film für Besucher ab 12 Jahren zugelassen ist.

Der Heimerzieher ist für Dich vom Schulleiter eingesetzt worden und ist in allen Fragen für Dich zuständig. Erwirb sein Vertrauen! Dann kannst Du mit allen Sorgen und mit allem Kummer zu ihm kommen, und er wird Dir helfen, wo und wie er nur kann.

Wenn Dir etwas unklar ist und Du nicht weißt, wie Du Dich verhalten sollst, oder wenn Dir das Verhalten eines Menschen in der Heimgemeinschaft nicht recht ist, dann wende Dich an den Heimerzieher oder an den Schulleiter! Erzähle aber sonst nichts darüber, damit der Ruf Deines Heimes keinen Schaden leidet!

Von den einzelnen Punkten dieser Heimordnung kann es in besonderen Fällen zeitweise Abweichungen für Dich geben – zu Deinem Schaden wie auch zu Deinem Vorteil. Alle Abänderungen sind dem Schulleiter bekannt.

Du kannst diese Heimordnung umgehen! Aber überlege Dir vorher, daß Du damit das Dir geschenkte Vertrauen der Gemeinschaft zerstörst und den Schutz dieser Gemeinschaft verlierst!

Bei schweren Verstößen gegen die Heimordnung und gegen den Anstand kannst Du von der Schule verwiesen werden.

Was würden aber Deine Eltern dazu sagen, wenn Du, von der Schule verwiesen, ankämst? Denke daran!

Komme mit frischem Mut zu uns! Schon bald wirst Du Dich in unsere Gemeinschaft eingelebt haben. Erfolgreiche Arbeit, gute Kameraden und unsere schöne Insel werden Dich zuversichtlich und heiter stimmen. Und wenn Du nach Abschluß Deiner Schulzeit ins Leben trittst, wird diese Schulzeit auf unserer herrlichen Insel Dich als gute Erinnerung zeit Deines Lebens begleiten.

Langeoog 1961